死神のノルマ

二つの水風船とひとりぼっちの祈り

宮田　光

本書は書き下ろしです。

Shinigami no Norma

Contents

死神のノルマ

二つの水風船とひとりぼっちの祈り

夢のあと

冷房の効いたコンビニから出た途端、額に汗が浮き上がった。

八月の初旬。十七時を過ぎた空はなお青い。容赦なく熱気を立ち昇らせる道路に足を踏み出すと、小さな影がさっと視界を横切った。

電柱の高いところに張りついたその影の正体は、小ぶりな蟬だ。蟬は羽を休める間もなく大音量で鳴き始めた。

あの小さな体のどこにそんな力があるのだろう。生命の迸りのような鳴き声が左耳でしか音を捉えられない響希にぐんと迫る。

歩調が意図せず速くなったのは、自分よりはるかに小さな生き物の全身全霊をかけた叫びに引け目のようなものを感じたからだ。アイスクリームを入れたコンビニの袋が、響希と同じく心地の悪そうな汗をかいていた。

家に着きリビングに入る。響希はソファーに座る母にコンビニの袋を掲げてみせた。

「アイス、買ってきたよ。お母さんとお父さんの分も」

ありがとう、と母が振り返った。冷凍庫にアイスクリームをしまった響希は、袋からコンビニでもらってきたアルバイトの求人誌を取り出した。アイスクリームの水滴で少し湿ってしまっている。

「バイトを始めるつもりなの？」

振り返ると、母は心配そうに眉根を寄せていた。その表情はもうお馴染みだし、その表情を向けられた時に感じるちくりとした胸の痛みも、もうすっかり慣れっこだ。

「まぁ、考えてみようかなと……」

サークルに入らず、アルバイトもしていない響希にとって大学の夏休みは長すぎる。この機会に何か新しいことを始めてみたいと思っていた。

「お金が必要？　何かほしいものでもあるの？」

「そういうわけじゃないよ。いい経験になると思ったの。ただ家の中にいるよりも、ずっと有意義でしょ？」

「べつに反対をする気はないけど……」

そう言う時点で反対しているも同然だが、その自覚はないだろう母は、

「無理はしないでよね」

と念を押した。決して高圧的ではなく、むしろ縋（すが）るような口ぶりだった。

「わかってるよ。少し興味があっただけだから」

響希は笑って求人誌を袋の中に入れ直した。母の心配を過保護の一言で切り捨てることなんて、自分にできるはずがない。

響希は十四歳の時、白血病にかかった。入院を合わせた治療にはおよそ二年がかかり、両親には多大な心労をかけた。今は寛解（かんかい）し体力も戻った状態ではあるものの、再発の可能性はまだ残されている。母が不安になるのは当然のことだ。

娘を束縛しようとしているのではない。娘のやろうとしていることを否定したいのでもない。母は響希の体調をただ深く案じているだけだ。それがわかるから息苦しい。息苦しくなることが、悪い気がする。

二十一時、自室。ベッドに腰かけアルバイト求人誌をめくっていた響希は、何気なくテレビの電源を入れた。

ちょうど始まったのは『真夏のホラーストーリー』という特別番組だ。暗いスタジオに立つ司会者の周りに、タレントたちが神妙な面持ちで座っている。司会者の説明によると、これから短編のホラードラマが数本放映されるらしい。

夏場にありがちな特番だ。集中して観るつもりはなかった。しかし二本目のドラマが始まり、自分を殺した主人公に復讐しようとする女の幽霊が登場すると、つい画面に見入った。

罪の意識が稀薄なまま人生を謳歌していた主人公は、自分が殺した元恋人の霊を遠くに見かけるようになり、そのたび車のブレーキが利かなくなったり、エレベーターが誤作動を起こして圧し潰されそうになったりと、命の危険に晒される。

やがて霊は主人公の目の前にやってきて、かつて自分がそうされたように、主人公の首に手を回す。

ぎゃあ、と主人公が悲鳴を上げたところで画面は暗転してドラマは終了した。スタジオの映像に切り替わり、ドラマを観ていたタレントたちが口々に「怖い、怖い」と、顔を引きつらせる様子が流れた。

人の恐怖を引き立てるよう仰々しく描かれた霊の姿――。それを見て恐怖ではなく物悲しさを感じたのは、響希が彼らの孤独を知っているからだ。

霊にブレーキやエレベーターは操れない。人の首を締めるどころか、人に触れることさえできない。彼らはただ、果たせなかった願いを抱えて彷徨(さまよ)っているだけ。生きている者に何かを為すことはできず、白っぽくぼやけたその姿が生者に気づかれることもない。

テレビの電源を消した響希はベッドに寝転がり右耳に触れた。三年前に聴力を失い、その代わりのように新たな力を手に入れた右耳に――。

ふいにテーブルに置いておいた携帯電話が震えた。身を起こして画面を見ると、ケイからの着信だった。

「もしもし」

慌てて電話に出ると、「今、平気か?」と遠慮がちな声が聞こえた。

「平気。何かあったの?」

ピンと緊張の糸が張る。ケイがただのお喋(しゃべ)りのために電話をかけてくるわけがない。

「ルリオに連絡が入った。仲間が霊のメロディを聞きつけたらしい」

――来た。

響希は再び右耳に触れた。ケイの仕事が始まる。ならば自分の出番でもある。

「今から出てこられるか？」

「うん。どこに行けばいい？」

「いぶき駅まで」

いぶき駅はいぶき市の中心部にあるターミナル駅だ。響希の家の最寄り駅であるいぶき南駅の一つ隣にある。

了承の意を伝えた響希は通話を切って部屋を出た。リビングに顔を出すと、父母が揃って先ほどまで響希が観ていたのと同じ番組を観ていた。

「ちょっと出かけてくる」

「どこに行くの？」

母に怪訝そうに聞かれ、響希は一瞬言葉に詰まった。

「……えっと……友達のところ」

「こんな時間に？　もう九時過ぎよ」

返す言葉に迷っていると、父が助け船を出してくれる。

「響希だってもう大学生なんだから、そんなにうるさく言うこともないだろう」

「それはそうだろうけど……」

母が口ごもった。感謝の目配せを送った響希に対し、父は「今のうちに行きなさい」とでもいうように手を振る。

「日付が変わる前には帰ってくる。いってきます！」

響希は母が何かを言う前にリビングの扉を閉め、玄関に向かった。


電車がいぶき駅に到着した。待ち合わせ場所である西口に向かうと、植え込みを背にして立つケイを見つけた。

行き交う人々をじっと眺めるその姿が彫像のように静止して見えるのは、きっと自分が彼の境遇を知っているからなのだろう。

整った顔立ちに感情の色をのせず佇（たたず）むあの少年の正体は、死神の下請けだ。

命の灯（ともしび）が消えた時、人はみな霊となり、霊は間もなく魂（たましい）へと変わる。そして魂は、死神によってあちらへ送られる。

霊が魂へ変化する過程は、機械に乗せられたがごとく自動的なものだ。しかし稀（まれ）に、その流れに不具合が起きる者がいる。心に残った未練が重石（おもし）としてわだかまり、歯車の動きを妨げてしまうのだ。

未浄化の重石は、死神にとって触れることのできない猛毒のような存在である。あちらへ送られることは叶わず、ただ放置される。

そうした霊たちからケイは重石を回収する。そして魂へと変化した彼らを死神に代わってあちらへ送る。それがケイの仕事だ。

ふとケイがこちらを向いた。響希ははっと我に返り小走りで彼に近づく。およそ三週間ぶりの再会であった。

人には見えない霊の姿がケイの目には見える。その力ゆえに彼が死神からスカウトされたのはおよそ十二年前、高校三年生の冬のことだった。

「悪い。こんな時間に呼び出して……」

だが、申し訳なさそうに顔を伏せたケイの姿はどう見ても三十路を迎える成人男性のそれではなく、少年から青年へと変わる間の若々しさを保っている。

スカウトを受け入れ死神の下請けとなったケイは、職務の遂行のためにその身に流れる時間を止められていた。だから容姿は十八の時のまま変わらない。食事も睡眠も不要になり、肉体的な疲労を感じることもなくなった。

「平気だよ。気にしないで」

ケイは小さくうなずいたものの、表情にはまだ微妙な色が残っていた。

——あんたに俺の仕事を手伝ってほしい。

最後に会った時、ケイはそう言って響希に手を差し出した。

その手を握り、申し出を受け入れたことを響希は少しも後悔していない。だが、ケイのほうにはまだためらいがありそうだ。

「やっほー、響希」

陽気な声が聞こえ、響希は植え込みの植栽を見上げた。張り出した枝にオオルリと灰色のハトが並んで止まっている。

「三週間ぶりぐらいか？　会いたかったぜ」

黒い嘴をもごもごと動かしそう言ったオオルリは、パタパタと羽ばたきケイの肩に降り立った。

私も、と響希はルリオの頬を指先で撫でた。人語を解すこの美しい小鳥は、死神から宛てがわれたケイのパートナーだ。

「情報、ありがとうな」

ルリオがハトを見上げてピピピと鳴くと、ハトはクルクルと喉を鳴らしてそれに応えた。

「霊はどこにいるって？」

ケイの問いに、ルリオは嘴の先で駅構内にある忘れ物センターを示した。響希は首をかしげる。

「忘れ物センターに霊がいるの？」

「うん、あの中にいるらしい。少し前まではメロディが聞こえていたらしいけど……」

言いながらちょんと首を傾け耳をすませたルリオは、

「……駄目だ。今はちっとも聞こえない」

と、残念そうにつぶやいた。ポポーとハトが同意を示すかのような鳴き声を上げる。

人や霊が奏でる魂の旋律――。ルリオや彼の仲間の鳥たちには、響希やケイには決して聞こえないそれが聞こえる。各地に散らばる仲間たちは霊のメロディを感知すると、仲間内にだけ聞こえる鳴き声を上げ、ルリオに霊の所在を知らせてくれるようになっていた。

響希たちはハトに礼を言い、忘れ物センターに近づいた。受付時間はすでに終了し、出入り口のガラス扉は閉まっていた。照明は消え、ブラインドも下りている。

霊は命を失った場所や強く思いを残した場所に現れるものだ。忘れ物センターの中にいるということは、霊は電車か駅に忘れ物をして、それを見つけたいと願っているのかもしれない。

「待つしかないな」

ケイが言うと、「毎度の通りな」とルリオがうなずく。

霊とは不安定なものだ。存在力とでもいえばいいのか、この世に在る力が、弱い時と強い時がある。ルリオにもケイにも霊の存在を感知できる閾値がそれぞれあり、それより霊の存在力が低ければ、ルリオにメロディは聞こえないし、ケイも霊を視認できない。

響希たちが霊に干渉するためには、霊の存在力が強くなる瞬間をひたすら待つしかなく、その瞬間がいつ訪れるかは見当もつかない。それがケイの仕事の厄介な部分だ。

「まぁ、霊がここにいるってわかっただけでも収穫だよ」

ケイの胸ポケットにもぐり込んだルリオの言葉に、響希は「そうだね」と心底同意した。

ケイが下請けとして働く期間はおよそ十三年と半年。そのような契約を死神との間に結んでいる。しかし、期間が過ぎればそれだけで仕事から解放されるわけではない。その時点で死神から課せられたノルマを──霊から回収した重石を一定の重量以上集めるというノルマを──達成していなければならないのだ。

およそ十月後、査定が行われる。その時にノルマが達成できていれば、そこで契約は終了する。しかしそれが叶わなければ契約は延長され、ケイは再び十三年以上もの時を死神の下請けとして過ごすことになる。

年を取らず、食べることも眠ることも必要とせず、疲れも感じない。暑さ寒さに対する感覚も鈍い。人によってはうらやましいと感じる体かもしれない。だが、その万能さは裏返せば人の世界で生きられないことを意味していた。

死神の下請けとなったケイは、何も告げないまま家族のもとを離れた。離れざるを得なかった。年を取らぬ体を思えばひとところに留まることはできず、他者と関係を築くことも難しい。根無し草のようにあちこちを放浪しながら、霊の重石を回収し続けていた。

乾いた喉を潤す水の冷たさも、凍える体に染み入るスープの温かさも味わえない。疲れ切った体を受け止めるベッドの柔らかさも、朝日の淡い光の中のまどろみも感じられない。人の営みから外れ、長い昼と夜を一羽の小鳥だけを胸に抱いて過ごしてゆく。

ノルマが達成できなければそんな日々がまた延長される。心の柔らかな部分を鑢（やすり）で削っていくような日々が……。

ケイの心が壊れてしまう前に、響希は彼を人の世界へ、家族のもとへ戻したい。そう思っているのはルリオも同じだ。

そして、かつてはノルマの達成を望んでいなかったケイ自身も、今では響希やルリオと気持ちを同じくしている。

「響希、夏休みはどんな感じ？　エンジョイしてる？」

ルリオに聞かれ、響希は近くの壁に寄りかかった。

「……正直言って、暇を持て余してる」

ケイと違ってなんの制限もないはずなのに、何もしないでいる自分が少し恥ずかしかった。

「もったいないなぁ。女子大生ならちゃんとビーチに行って日焼け男を逆ナンしたり、SNSにおしゃれスイーツの写真をアップしまくったりしないとダメだぞ？」

「その女子大生のイメージは、かなり偏（かたよ）っていると思うよ。――あ、そうだ」

響希は壁から背を離してケイに向き直った。

「一つだけ、大学生らしい予定があるの。九月に英語クラスの人たちとバーベキューをすることになったんだ。一条（いちじょう）くんも一緒だよ」

響希の大学の同級生である一条晴一（はるいち）は、ケイの血のつながらない弟でもある。

ケイは幼いころに母親を亡くした。それから十数年後、ケイが高校三年生に上がる直前に、父親は自分と同じように伴侶（はんりょ）に先立たれた女性と再婚した。その女性の連れ子が晴一だった。

「河原にある施設でやるの。一条くんが企画してくれたんだ」

以前の響希なら、楽しんだり賑やかな場に身を置いたりすることへの引け目から、そういった誘いには乗らなかった。

だが、響希は変わった。というよりも変わるために行動したいと思った。メッセージアプリで出欠を尋（たず）ねてきた晴一に参加の意思を表明したのは、ささやかながらもその第一歩だと思っている。

「……そうか」

ケイの表情がやわらいだ……ように響希には見えた。

ケイが死神からのスカウトを受け、過酷で不条理な契約を結んだのは、命を失う運命にあった晴一を救うためだ。死神が下請けになる報酬（ほうしゅう）として提示したのが、運命を曲げ晴一を生き延びさせる方法だったのだ。

父に祖母に義母に晴一……ケイにとって家族は誰にも触れられたくない秘所であり、また自分自身でも触れることのできない禁所であった。

ケイは家族を大切に思うがゆえに家族を拒んでしまっていた。異物である自分は彼らのもとに帰るべきではないと思いこみ、死神の下請けであり続けることを——人でもなく死神でもない、曖昧(あいまい)で孤独な存在で居続けることを——むしろ望んでいた。

しかし今、ケイの顔にかすかに浮かんでいるのは拒絶とは反対のものだ。

ケイも変わったのだ。ケイは家族のもとへ帰り、彼らとともに生きたいと望み始めた。

「ケイの弟は社交的だなー」

ルリオのつぶやきに響希はうなずく。

「うん、明るくて朗らかな男の子だよ。仲の良い友達がたくさんいる」

友人たちと賑やかに笑い合う晴一の姿が思い浮かんだ。屈託を感じさせない人柄で誰に対しても気さくな晴一が多くの人から好かれるのは、大いにうなずけることだ。

「こっちの一条くんとは大違いだなー」

からかうようなルリオの視線にケイは肩をすくめた。

ルリオの軽口に、ケイが冷めた反応を返す。そのお決まりのやり取りが気の置けない者同士のそれだということに、彼らは気づいているのだろうか。

「メロディが聞こえる」

ルリオが声を上げたのは二十二時半を回ったころだった。響希とケイはすぐに忘れ物センターの扉に近づいた。

「……駄目だ。まだ見えない」

ブラインドの隙間から中をのぞき込み、ケイは首を横に振った。

ケイが霊を感知できる閾値はルリオのそれよりも高い。つまり、ルリオにメロディが聞こえてもケイには霊の姿が見えない場合があり、そういう事態になることは多々あった。

刻々と時間が過ぎていく中、メロディは消えたり鳴ったりを繰り返し続けた。

響希は腕時計に目をやった。二十三時過ぎ。そろそろ帰宅しないとお母さんが心配でパンクする。そう考えた時、ケイが「見えた」とつぶやいた。

響希はケイの腕に触れた。その瞬間、ブラインドの向こうの暗がりにぼんやりとした人影が浮き上がった。

ケイは霊が見える。そして自分に触れた者に――自分と相性の良い者だけという制限はあるが――霊を視認させることもできた。

窓口の前に立つ霊の姿は、まるで濃霧に覆われたようにかすみがかっていた。曖昧で不安定という特質を、そのまま見た目でも表しているかのようだ。決して現世の景色に溶け込むことのないその人影を見るたび、響希は生と死の間に横たわる谷の深さを感じる。

「……ス……セン」

ガラス扉の向こうからかすかに声が聞こえ、響希はじっと右耳をすませた。

霊が発する言葉を、その願いを、聞きもらすまいとする。——だって私は、そのためにここにいるのだから。

ケイには霊の姿が見える。ただ見えるだけなのだ。霊の声は聞こえない。けれど響希には聞こえる。

三年前、響希は右耳の聴力を突然に失った。しかしどういう理由か、あるいは理由などはないのか、代わりのように霊の声を聞く力を手に入れた。

ケイと同じく相性が合うもの限定という条件があるが、響希も自分に触れた者に霊の声を聞かせることができる。響希とケイは触れ合っている限り、互いの能力を貸し合えるのだ。

霊から重石を回収するには、二通りの方法がある。簡便なのはケイが強制的に重石を取る方法だ。

前に一度、ケイがその方法を取るのを見たことがある。ケイは霊の胸に手を突っ込むと、そこからビー玉ほどの黒い重石を取り出した。直後、重石からは色が抜けていき、朝露のように瑞々(みずみず)しく透き通った。

未練の塊を取り除かれた霊は、無垢な魂へと変わり、あちらへ渡った。しかしながらケイの手のひらに残された重石はひどく軽かった。いくつ集めようとも課せられたノルマの達成が、到底見込めないほどに――。

だから響希たちはもう一つの方法を取ることに決めた。強制的に重石を取るのではなく、霊自身に重石を出してもらうのだ。

未練の元となる霊の願望を叶える。あるいは、その望みが叶わないことを霊に納得させる。心残りがなくなれば、霊は自ら虹色の重石を出し、魂へと変化できた。

虹色の重石は透明な重石よりはるかに重い。いくつか集めれば、査定までにノルマの達成が見込める。

だが霊の姿が見えるだけでは、霊の願いはわからない。それを知るためには霊に自ら願いを語ってもらう必要があり、その言葉を聞ける響希の力が必要だった。

響希は右耳に神経を集中させた。すると「スミマセン」という声がたどたどしい響きで聞こえた。

ぼやけた姿からは性別が読み取れなかったが、その声の低さで霊が男だとわかった。

「窓口に呼びかけているつもりなのかな……」

霊の中には意識が朦朧としていたり、混乱していたりする者が多い。未練に飲み込まれるばかりに、自分の置かれている状況がよく理解できていないのだ。そのため意味のない動作を延々と繰り返したり、自分の姿も見えず声も聞こえない生者に話しかけ続けたりする。

あの霊はおそらく窓口に人がいないことを理解していないまま、暗闇(くらやみ)の中、無人の窓口に向かって呼びかけ続けている。

「おい」

ケイがガラス扉をコンコンと叩いた。しかし霊はなんの反応も返さなかった。

「あの、聞こえませんか？　こっちです。あなたの名前を教えてください」

名を尋ねたのは朦朧とした霊の意識を覚醒(かくせい)させるためだ。霊は自分を感知している他者に名前を呼ばれると、自己の存在を強く認識して状態が安定する。

こちらが霊の名を呼べば、かすんだ体は生前の姿を取り戻し、ケイの目から消えることはなくなる。会話だってちゃんとできるようになるのだ。

となると霊がすぐに名前を教えてくれれば話は早いのだが、そうもいかないのが悩ましいところだ。状態の安定しない霊との意思疎通はそもそも難しく、霊が自分の名前さえ忘れてしまっていることもままある。

案の定、目の前にいる霊も名前を答えてはくれなかった。どうにか気を引こうとする響希たちの呼びかけには反応せず、スミマセン、と繰り返している。

通行人がガラス扉を叩く響希たちに怪訝な目を向けた。

響希たちが不審な行為をすればこうしてすぐに注目が集まる。しかし霊はどれだけ奇怪な振る舞いをしようとも、その存在が気づかれることはない。

響希は彼らの言葉や行動を空虚なものにしたくないと思う。

「名前を教えてください。忘れ物を探しているなら、私たちが手伝います！」

言ったその時、霊の姿がふと消え、声も聞こえなくなった。

「消えちゃった……」

響希がつぶやくと、「メロディも完全に消えたぜ」とルリオが続いた。

霊の存在力が響希たちの力の閾値を下回り、感知できなくなったのだ。この状態になってしまっては、いくら呼びかけたところで響希たちの声は霊に届かない。

「また姿が見えるようになるのを待つしかないね」

ケイの腕から手を離した直後、バッグの中で携帯電話が震えた。確認しなくとも、帰宅を促す母からのメッセージだとわかった。

「……いや、今日はもう終わりにしよう」

「でも……」

言いかけた響希を制し、ケイは「終わりだ」と念を押した。その選択は当然、響希を配慮してのものだろう。響希には帰りを待つ家族がいる上、ケイとは違い体力は有限だ。疲れも眠気も感じる響希には、一晩中霊の出現を待つことはできない。

「……そうだね。今日はもう帰るよ」

そう伝えると、ケイは安心したように小さく息をついた。

解けぬ未練の苦悩の中にいる霊と帰る場所を持たないケイを置いて、自分は去っていく。

ケイの境遇を憐れに思う反面、こういう時は自分がただの人であることにもどかしさを感じもする。


ケイは電車に乗って響希を家の近くまで送ってくれた。別れ際、この後どうするつもりかと尋ねたら、いぶき駅に戻って駅近くのネットカフェに身を寄せるつもりだと言っていた。

ケイたちとは明日、窓口が開く十時に忘れ物センターの前で待ち合わせることにした。ガラス越しではなくもっと近い距離でコンタクトを取れば、霊からの反応も変わってくるかもしれない。とにもかくにも、霊の名前を知る、あるいは知るための手がかりを得なければ、事態は前に進まない。

ただいま、と玄関の扉を開けると、母がリビングから顔を出した。

「おかえりなさい」

廊下に出てさっと響希の頭からつま先までに視線を走らせた母は、どこにも異常がないことを認めるとほっと息を吐いた。

「早く休みなさい。体を疲れさせちゃダメよ」

「うん、そうする。あの、明日も午前中から出かけるから……」

　おずおずとそう伝えると、母は「明日も？」と眉を上げた。これまで家に閉じこもりがちだった娘が頻繁（ひんぱん）に出かけるようになったことが、母には不安なのだろう。

「……お母さん、別に響希が友達と遊ぶことやめさせたいわけじゃないのよ。大学に入って、交友関係が広がったのはとても良いことだと思ってる。でも、病気のことを忘れて無理はしないでほしいの」

「忘れるわけないじゃん」

　語気が強まったのは意図したことではなかった。母がかすかにたじろいだのを感じ、響希は慌てて笑顔を作った。

「ちゃんとわかってるよ。その辺をふらふらしてくるだけだから。それに無理をしたかしないかは、関係ないでしょ。体調に気を遣ったところで、再発する時はするものなんだから」

　再発、という言葉を今のタイミングで出すべきではなかった。母の表情が途端に強張ったのを見て、響希はぐっと喉を詰まらせた。

「……とにかく、大丈夫だから」

廊下に上がった響希は母を追い越し、洗面所に向かった。

翌朝、響希はもの言いたげな母の様子には気づかないふりをして家に出た。いぶき駅で電車を降りて忘れ物センターに向かうと、蟬が盛大な鳴き声を上げる中、ケイは汗一つかくことなくセンターの横に立っていた。

響希はケイに近寄った。「おはよう」と声をかけたその時、ルリオが胸ポケットから顔を出した。

「メロディが聞こえだした。大きいぞ」

センターに目を向けたケイは表情を引き締めガラス扉に近づいた。ケイの隣に立った響希は、彼の腕に触れセンター内に目を向ける。

——見えた。

モザイクで加工されたかのように白っぽくぼやけた人影が、昨晩と同じように窓口の前に立っていた。

「スミマセン」

霊が窓口に声をかけた。しかしカウンターの向こうに座る職員の女は当然ながら霊の存在に気づかず、熱心に手元の書類に目を通していた。

「どうする？」

　中に入って霊に声をかけたいところだが、それをしたら職員に怪しまれる。向こうからすれば響希たちは、宙に向かって話しかける奇人にしか見えないのだから。

「俺が忘れ物を探しに来たふりをして職員の気を引く。響希はその隙に霊に話しかけてみてくれ」

　事前に考えておいた策なのか、ケイはすぐにそう提案した。

「それなら……」

　響希はバッグから携帯電話を取り出し左耳に当てた。そのままケイと並んでセンターの中へ入ると、書類から顔を上げた職員が二人を待ち構えた。

「お忘れ物のお問い合せですか？」

　職員はカウンターの前に立ったケイにそう尋ねた。

「はい、そうです。電車の中に忘れたようで……」

　響希はケイの背中に手を添えた。すると、彼の隣に立つ霊のかすんだ姿が再び視界に現れた。

「もしもし、聞こえますか？」

　彼氏の忘れ物探しに付き合いながら、誰かと電話で話している彼女。そんなふうを装って尋ねたのだが、霊は振り返ってくれなかった。ひたすら職員に「スミマセン」と呼びかけ続けている。

「お忘れ物はなんでしょう?」

職員に聞かれケイは「ええと」と口ごもった。

「話を聞いてください。探し物があるなら、私たちがお手伝いします」

響希の言葉を不審に思ったのか、職員がちらりとこちらを見た。その視線を遮るようにケイが前に出る。

「俺が忘れたのは……」

「ゲンコウ」

霊がカウンターに身を乗り出すようにしてそう言った。はっとしてケイを見ると、ケイは小さくうなずき、

「俺が忘れたのは、ゲンコウ……原稿です」

職員に向き直りそう告げた。

「原稿といいますと、どのようなものでしょう? 封筒やファイルに入ったものですか?」

「チャブウトウ」

霊が答えた。——間違いない。霊は職員の問いに反応している。職員が自分に話しかけていると思っているのだ。

「茶封筒の中に入っています」

　ケイが言うと、職員は「茶封筒ですね」と繰り返しながらキーボードを叩いた。

「お忘れになった電車の路線と時間帯をお教えいただけますか？」

「……××線……今日の九時……」

　片言のようにたどたどしく響いていた霊の言葉が、少し聞き取りやすくなった。職員から反応があったことで意識がはっきりとしてきたのだろうか。

　ケイは霊の言葉をそのまま職員に伝えた。情報を入力した職員はディスプレイを見つめて、

「今のところ、それらしい物は届いていませんね」

　その答えが通じたのか、霊がうなだれた。

「もしも今後原稿が見つかった場合、そちらから連絡はいただけますか？」

　そう言ったケイの意図は響希にも読めた。霊は職員の問いには言葉を返す。職員から名前を尋ねさせることで、霊が自ら名前を発言するよう仕向けているのだ。

「はい。その場合はお知らせいたします。届け出を登録いたしますので、お名前をお教えください」

　目論見通りの展開にどきりと胸が鳴った。響希は耳から携帯電話を離し、霊の答えを待った。

しかし、霊は言葉を発しない。自分の名前を忘れてしまっているのだろうか。

不自然な沈黙に職員が首をかしげた。

「あの、お名前は？」

「……タダ」

ぎこちなく霊がつぶやいた。響希は祈りを込めてぼやけた背中をじっと見つめる。――どうか思い出して。

「タダ……多田……ユー……裕也」

「多田裕也さん！」

とっさに名を呼ぶと、霊が響希を振り返った。

その身を靄のように覆っていた粒子が、じわじわと薄れていく。

曖昧だった顔や体の凹凸が次第に明らかになり、淡泊な顔立ちと痩せ型の体躯が見て取れるようになった。

前髪は目にかかるほど長く、顎には無精ひげが生えていた。身に着けているのは洗いざらしたグレーのスウェットの上下で、サンダルのつま先からは穴の開いた靴下がのぞいている。

不明瞭で曖昧な世界の膜を破り捨て、響希たちの眼前に現れた多田は、自宅からゴミ捨てにでも出てきたような姿をしていた。

年はいくつだろうか。隈のできたやつれた顔から年齢を推察するのは難しい。

「……あれ……俺……」

多田は混乱したように辺りを見回した。

「ええと、多田裕也様でよろしいでしょうか？」

職員はとまどった様子でケイと響希を見比べた。

「すみません。やっぱりいいです」

ケイが身を翻すと、職員はますます困惑したようだった。しかしその時タイミングよく新たな客がセンターに入ってきて、職員の気はそちらに取られた。

「多田さん、ついて来てください」

多田はわけがわからないといった様子ながらも、大人しく響希たちにつき従ってセンターを出た。

響希とケイは西口を出たところで立ち止まった。背後を振り返ると、止まりそこねた多田が響希に――ぶつからず、重なった。

響希と多田は「わっ」と声を上げ互いに離れた。その拍子にケイの腕から手が離れ、多田の姿が見えなくなる。

響希は自分の腕をさすった。何も感じなかった。温かさも冷たさも、何ひとつとして――。

「……なんだよ、これ」

狼狽(ろうばい)した声が聞こえた。

再びケイに触れると、がく然と自分の体を見下ろす多田の姿が見えた。彼もまた、響希の体の熱を感じはしなかっただろう。

混乱が頂点に達したのか、多田は崩れ落ちるようにその場にかがみ込んだ。

「多田さん……」

ケイが静かに呼びかけた。すると多田は、

「小暮(こぐれ)んちの前で、持っている封筒が違うって気づいたんだ」

と震える声で語りだした。

「電車で取り違えたんだって思って、駅に戻った。それで……それでとにかく届け出をだそうと思って忘れ物センターの窓口へ来て……違う、そうじゃない」

多田はぶんぶんと首を横に振る。

「窓口には来ていない。駅前の……信号。赤で立ち止まったら急に頭が痛くなった。立っていられなくて、息もうまく吸い込めなくなって、その場に倒れ込んで……そしたらなんか、そのうち救急車の音が聞こえて……」

顔を上げた多田は駅前の信号を見やった。

「……そうか。その時に俺は……」

多田は両手で顔を覆った。

自らの死を自覚する絶望はどれほど過酷なことだろう。響希とケイはどちらからともなく彼の前にかがんだ。

「多田さん。私たちはあなたの……」

「原稿！」

突然立ち上がった多田の叫びに、響希のみならずケイもびくりとした。

「早く原稿を探さないと！　締め切りが今日なんだよ。あー、のんきに死んでる場合じゃない！」

言いながら忘れ物センターへ戻ろうとした多田は、はたと足を止めた。

「蟬の鳴き声が聞こえる……」

困惑した様子でこちらを振り返った多田は、響希とケイの姿をまじまじと見比べた。

「君たち、半袖だね。もしかして俺が死んでから、だいぶ日が経っているのかな……？」

不安そうに尋ねた多田が着ているのは秋冬の服だ。朦朧とした意識の中にいる霊は、時間の経過を感じにくい。

ケイが今日の日付と西暦を教えると、多田は「嘘だろ」と目を見開いた。

「俺が死んでから、十二年近くも経っているのか！」

衝撃を受けたのは響希も同じだ。それだけの間、多田が忘れ物センターで無為の時間を過ごしていたのだと思えば胸が痛んだ。

「そ、それならサムサイはどうなった？」

多田は焦った顔で響希に詰め寄った。

「サ、サムサイ……？」

なんだ、それは。響希がケイを見ると、ケイも首をかしげた。

「サムサイだよ、サムライ×サイボーグ！　俺らの漫画！　サムサイの最終回は、ステップにちゃんと載ったのか？」


「話を整理しようぜ」

ポケットから顔を出したルリオの提案に従い、響希たちは駅の外のベンチに座った。響希を真ん中にして、左側にケイ、右側に多田が座る。

めちゃくちゃだな、と、多田はベンチの座面を撫でるようにした。

「人には触れないのに、ベンチには座れるなんてさ。まぁ、触れている感触は全然ないんだけど。これ、どういう原理なんだろ？　無意識空気椅子？　——ねぇ、ペン持ってない？」

響希はバッグからボールペンを取り出した。多田はペンをつかもうとしたが、その手はするりとすり抜ける。

「やっぱり無理か。俺、もう二度とペンを握れないんだな……」

「多田さん。俺は……俺たちは、あなたが抱える未練を解く手伝いをしたいと思っています」

　ケイは多田が置かれている状況と自分の仕事について説明をした。

　話が終わると多田ははぁー、と息を吐いて、「事実は漫画より奇なりだな」とつぶやいた。

「多田さんは、漫画家さんなんですよね？」

　響希の問いに、多田は「まぁね」と得意げな表情でうなずいた。

「小暮っていう中高の同級生だったやつとコンビでやっていたんだ。向こうが原作担当で、俺が作画担当。ペンネームは向こうがユーグレ小暮で俺がユーヤケ裕也。二人合わせてユーグレ・ユーヤケ」

「うわ、ダ……」

　皆まで言わせぬようケイはルリオをポケットに押し込んだ。響希はゴホンと咳払いをして、

「ということは当然、原稿というのは漫画の原稿のことですよね？　それを電車で取り違えた？」

「そうなんだ。完全に俺のミスなんだけどさ……」

ユーグレ・ユーヤケはステップという月刊の少年漫画誌に『サムライ×サイボーグ』を連載していた。主人公であるゼンタローは、悪の大名・ワルザエモンに故郷を滅ぼされ、自身も瀕死(ひんし)の重傷を負わされる。非道を尽くすワルザエモンを倒すために体をサイボーグ化したゼンタローは、大いなる力を宿す妖刀ムラマサを探す旅に出る、という王道バトル漫画だそうだ。

「自信作だったんだけど、現実は厳しいもんだよ。ちっとも人気が出ず、一年ほどで打ち切られることが決まったんだ」

ユーグレ・ユーヤケにとってサムサイは全身全霊をかけた初めての連載作品である。打ち切りが決まったとしても、半端なことはしたくない。一つの作品として完成させ有終の美を飾ってやると、コンビは息巻いたそうだ。

最終回は十一月号に掲載される。小暮は渾身(こんしん)のストーリーを練り上げ、多田はそれに相応(ふさわ)しい仕事をしようと、徹夜続きで原稿を描き上げた。

そして十月の初週、締め切りの日。原稿が完成すると、多田はそれを出版社の社名が入った茶封筒に入れて着の身着のまま家を飛び出した。

「本当に良い最終回が描けたんだよ。誰よりも先に小暮が読むべきだと思ったし、誰よりも先に小暮に見せたいって思った……」

多田は電車に乗った。席につき、小暮に今から原稿を持っていくという旨のメールを入れると、連日の徹夜がたたり強烈な眠気が襲ってきた。

「俺はすっかり眠り込んでしまったんだ。起きたのは、小暮のアパートがあるいぶき駅に着いた時。俺は慌てて隣に置いておいた茶封筒を持って電車を飛び出した」

多田は走った。しかし小暮のアパートが見えた時、ふと胸をよぎるものがあった。

「茶封筒が少し重い気がしたんだよ。はっとして中を確認すると、出てきたのは原稿じゃなくて未記入のアンケート用紙の束だった……」

慌てて茶封筒の表を見直すと、サニィ不動産と印字されていたそうだ。

「隣に座っていたサラリーマンが席に置いたものと取り違えたんだ。ほんとに俺って、とんだ大馬鹿野郎だよ……」

頭を抱え込んだ多田は、しかしすぐに「あのさ」と真剣な表情で響希を見た。

「サムサイがどうなったのか、調べてくれないかな。あの後、原稿が見つかったのか……サムサイの最終回がちゃんと雑誌に掲載されたのか、確かめてくれ」

「わかりました。とりあえずネットで調べてみますね」

響希が携帯電話を取り出すと、多田は「ケータイ、ずいぶん進化したんだなぁ」と、驚いたようにつぶやいた。

ステップ、サムライ×サイボーグ、最終回。その三つのキーワードで検索をかけると、ステップが廃刊したという情報が目に入った。

「えっ、廃刊？」

多田がとまどいの声を上げた。インターネット百科事典のステップのページをクリックしてみると、どうやら出版社自体が倒産し、それに伴い雑誌も消滅したそうだ。多田が亡くなったおよそ三年後のことである。

「小さい会社だったからなぁ。お世話になったのに、残念だな……」

画面をスワイプすると、サムライ×サイボーグの記事につながるリンクが見つかった。

「サムサイのページもありますね」

ページに飛び、冒頭の説明文を読んだ響希は、思わず「あっ」と声を上げた。

――作画担当であるユーヤケ裕也の死去により、二〇〇×年十月号掲載分を最後に未完のまま連載終了した。

恐る恐る多田の顔をうかがうと、彼はぼう然とその文言に見入っていた。

「……原稿、見つからなかったのか」

しばらくして多田はぽつりとつぶやいた。

命を落とした多田は持っているはずの原稿を所持していなかった。ならば当然、原作者の小暮や編集部が原稿を探したはずだ。道中でなくした可能性も考え、駅や警察に届け出ることもしただろう。

しかしステップに最終回は掲載されていない。それはつまり、原稿が見つからなかったことを意味している。

「初めての連載作品なんだ。俺も小暮も、全力で描き上げた。なのに、それが未完なんて……そんな……」

心血を注いだ作品が未完で終わる。漫画家にとってそれがとてつもない苦しみであることは、創作の労を知らない響希にだってわかる。

「多田さん……」

元気を出して。気を落とさないで。そんなことが言えるはずもなく口ごもったその時、多田が勢いよく立ち上がった。

「光を求め進み続けること、その行いこそがまさに希望の光なのだ！」

突然の叫びに響希は再びびくりとした。ルリオが困惑の視線を多田に向ける。

「お、おぉ……いきなりどうした？」

「光……光、光！　――それはネームだ！」

多田は太陽にこぶしを掲げた。「ネーム？」とケイが聞き返す。

「ネームっていうのは漫画の下書きの、さらに下書きみたいなもの。コマ割りや構図やセリフ、キャラクターの動きや表情なんかおおまかに描いたものだ。俺たちコンビは小暮がネームまでを作成して、それを元に俺が作画していた。原稿はなくなったけど、ネームなら俺の家にコピーがあるんだ」

　そこまで言った多田はふと考え込むように顎を押さえ、

「……いや、俺の家より小暮のところだ。あいつのほうがまだネームの原本を残している可能性が高い」

　多田は熱っぽい目で響希たちを見下ろした。

「君たちは、俺の未練を解消してくれるんだよね？　だったら頼むよ。俺の代わりに小暮からネームを引き取ってくれ」

「ネームを手に入れ、それからどうするつもりですか？」

　ネームがあっても、あなたにはもう漫画を描くことはできない。ケイはそこまでを口にしなかったが、多田には伝わったようだ。

「こうなったらネームだけでも……あいつが作り上げたストーリーだけでも、世間に発表したいんだ。雑誌じゃなくて、ネットでいい。漫画の投稿サイトでもいいし、掲示板に画像を張りつけても構わない。せめてサムサイだけは……」

　多田はこぶしを下ろして遠い目をした。

「サムサイだけは、宙ぶらりんのまま終わらせたくないんだ……」

小暮の住んでいたアパートは、いぶき駅から徒歩で十分ほどのところにあるらしい。ケイは多田の後ろを歩き、響希はケイの腕を軽くつかんだままその隣を歩いた。

「小暮、今どうなってるのかな？　ちゃんと人気原作者になれてんのかなー」

多田が言った。気を取り直したように見えるが、その内心に抱える葛藤は大きいだろう。

――サムサイだけは、宙ぶらりんのまま終わらせたくないんだ……。

その言葉に滲んでいたのは、自分の漫画家としての人生が宙ぶらりんのまま終わってしまったことに対する無念だった。もっともっと作品を描きたかっただろうし、漫画家として認められたいとも思っていただろう。

「あれ。あれが小暮のアパート」

多田は前方に見えた二階建てのアパートを指さした。塀にはニワトコ荘と書かれている。

「そういえばあいつ、まだここにいるのかな？　売れっ子になって、もっといいところに引っ越していたりして……」

「とにかく、チャイムを鳴らしてみましょう」

小暮は二〇一号室に入居していたそうだ。響希たちは階段を上がり、小暮の部屋のチャイムを鳴らした。しかし、誰も出てこない。

もう一度チャイムを鳴らそうとした時、「うちに何か？」と階下から声が聞こえた。振り返ると、階段の下に薄いグレーの作業服を着た男が立っていた。胸にはウエノタ設備と刺繍されている。

「小暮……！」

多田が感極まったような声を上げた。

「お前、老けたなぁ。当たり前か。もう三十五過ぎだもんな。──っていうか、まだ水道屋さんでバイトしているのか。ってことは、あんまり売れていないんだな。うん、まぁ、それはしかたない。大丈夫。お前の考える話は面白い。いつかもっとたくさんの人に通じるはずだ」

階段を上がってきた小暮に多田は笑いかけた。声が聞こえていないのも姿が見えていないのも忘れてしまったみたいに。

「どちら様ですか？」

小暮は響希とケイの顔を見回した。若い男女が二人、なんの用だと訝しんでいるようだ。響希の隣に立つ多田には当然ながら目もくれない。

「突然、押しかけて申し訳ありません。俺は一条といいます。こっちは……」

志田です、と響希はケイに続いて頭を下げた。

多田さんの霊がいるんです。サムサイ最終回のネームを世間に発表したがっているんです。

霊の姿が見えず、声が聞こえない小暮にそんなことを言ったところで信じてもらうのは難しい。だから響希たちはここに来るまでの道中で策を考えた。

「俺たち、サムサイの大ファンなんです」

大ファンという割には熱のない口調だが、ケイなのでしかたない。子どもに話しかければ、防犯ブザーを鳴らされそうになるぐらいのぶっきらぼうだ。

「……俺の住所、どうやって知ったの？」

案の定、小暮は不信感を強めたようだ。響希はケイに代わって、

「ステップの巻末の作者コメント欄、読んでいました。主人公の故郷のいぶき村はいぶき市から、修行をしたニワトコの里は、住んでいるアパートのニワトコ荘から取ったって書いていましたよね？　ネットで調べて、ここだとわかりました」

作者コメントから住所を探り当てたふりをする。響希にはストーカーじみた振る舞いに思えたが、それを提案した多田は、

「俺たち、自分の作品のファンに一人も会ったことないんだよね。単行本の発売日に書店を張ってみたこともあるけど、サムサイを買ってくれた人を見たことは一度もなかった。コメント欄まで読み込んでくれるファンが会いに来てくれたら、気味悪く思うよりもうれしさのほうが勝ると思う」

と請け合った。

「……本当にファンなんだ」

まじまじと響希を見返した小暮は、しかしすぐに警戒心を取り戻して、

「で、十二年近くも前に終わった漫画の原作者に、今さらどういう用?」

と険しい顔をした。やはり気味悪さのほうが勝ってしまったようだが、今さら引き下がれない。

「あの、作画のユーヤケ先生のこと、とても残念だと思います」

一瞬のことではあったが小暮の表情がゆがんだ。彼にとって多田の死は過去のことではなく、まだ生々しい痛みなのかもしれない。

「私たち、どうしてもサムサイの最終回が気になったんです。ゼンタローたちが物語の最後にどうなったのか、この目で見たいんです」

「この目で見たいって言われても、原稿はないんだよ」

うんざりしたように頭をかいた小暮に、

「ユーヤケ先生は、最終回を描き上げる前に亡くなったんですか?」

と、ケイが水を向けた。

「いや、違う。描き上げたものをうちにもってくる途中の電車でなくしたみたいだ。病院に運ばれたあいつが原稿の代わりに持っていたのは、不動産会社の茶封筒だった。あの馬鹿が他人のものと取り違えたんだよ」

「原稿は探したんですか?　駅や交番に問い合わせは?　不動産会社には連絡しなかった

んですか？」

ケイが矢継ぎ早に質問すると、小暮はむっとした顔で、

「全部やったよ。不動産会社の社員は電車内で取り違えに気づいたらしい。でも、向こうにとって多田が持っていったのは、重要度の低い書類だった」

わざわざ連絡して取り返す必要はない。そう考えた社員は、原稿をそのまま放置して電車を降りたそうだ。

「恐縮して謝られたよ。中を見たけど、そんなに重要なものには見えなかったんだって」

自嘲を浮かべた小暮の言葉に、多田は「マジかよ」と頭を抱えた。

ならば原稿は電車が車庫に入るまでのどこかで失われたのだ。誰かが興味本位で持ち去ったのか、処分したのか。なんにせよ原稿自体を見つけるのは絶望的のようだ。

「ネームはできていたんですよね？」

ケイが聞くと、「そりゃあね」と小暮はうなずいた。響希とケイは同時に頭を下げた。

「お願いします。それを私たちに見せてくださいませんか？　というか、あの……できたらネームをネットにアップさせていただきたいんですけれど……」

響希の唐突な申し出に小暮は「は？」と眉を上げた。

「私たちだけじゃなくて、サムサイの最終回を読みたがっている人がいると思うんです。どうかお願いします」

響希とケイがさらに頭を下げると、

「サムサイをちゃんと終わらせてやろう。それが俺たちの作者としての責任だ」

と、多田が必死に訴えた。

「……あんなクソ漫画の最終回を読みたがるもの好きなんて、君たちぐらいしかいないよ」

一段低い声音（こわね）で放たれた言葉に、多田は「……え？」と目を丸くした。

「クソ漫画って……なんだよ、その言い草。他の誰がなんと言おうと、サムサイは俺たちの宝だろ？」

多田は動揺して小暮の顔をのぞき込んだ。しかし小暮は見えているはずもない相方からふいと顔を背けると、

「そもそもネームをネットにアップすることは不可能だよ。君たちに読ませることさえできない。サムサイのネームは、あいつの葬式が終わった日に全部捨てたんだから」

淡々と告げられた言葉に、多田は言葉を失って固まった。

「ど、どうして捨ててしまったんですか？　大事なものなのに……」

小暮にとっては熱意と努力の結晶のようなものだろう。コンビを組んでいた多田が命を失ったのなら、なおさら思い出深い品になったはずだ。

「そうだよ、お前、何やってんだよ！」

我に返った多田が胸倉をつかまんばかりの勢いで詰め寄ると、小暮は肩をすくめた。

「大事じゃないから処分したんだよ。俺にとってはサムサイも漫画家だったことも、もう思い出したくもない過去なんだ。振り返りたくない過ちなんだよ」

「なんだよ、過ちって……」

多田が小暮に向ける視線にもはや親密さはなく、見知らぬ人物に向けるそれに変わっている。

「過ちってどういうことですか？」

多田の代わりに問うと、小暮はフッと鼻を鳴らした。

「全身全霊をかけて作り上げたのは、たった一年で打ち切られる程度の不人気漫画。しかもその最終回の原稿はどこかへ消え去り、作画担当はあっけなく死んじまった。多田の死因、脳溢血だぞ」

そう言った小暮のこぶしは、血管が浮き出るほどきつく握られていた。

「きっと連載で無理をしたせいだ。結果を並べてみれば、過ち以外の何物でもない」

多田は口を開いた。しかし返す言葉は何も出ず、小暮から視線を逸らす。

「そういうわけで君たちの要求には答えられない。こっちは休日出勤で疲れているんだ。もう帰ってくれ」

小暮は多田の体をすり抜け自室に向かうと、玄関の扉を開けた。

「……お前はもう、漫画家じゃないのか」

さみしげな多田のつぶやきは、閉ざされた扉にぶつかり宙に消えた。

「漫画が好きだったんだ……」

駅に戻る道中、多田がぽつりとこぼした。

「未知の世界を冒険するのはワクワクしたし、必殺技をぶっ放して悪者をやっつけるシーンには気分がスカッとした。困難に立ち向かう主人公のもとに仲間が集う様には胸が熱くなったし、力を合わせて夢をつかもうとする姿には憧れた。漫画は、人にいろんな感情を生み出させるエネルギーがあるんだ。そのエネルギーが小学生だった俺に漫画を描かせた。……でもそのころは、漫画家になりたいと思っていたわけではなかったんだよ」

「そうだったんですか？　てっきり子どものころからの夢を叶えたんだと思っていました」

響希が言うと、多田は気恥ずかしそうに頭をかいた。

「作品を他人に見せることに抵抗があったんだ。なんだか自分の内面を丸出しにしているみたいで恥ずかしくってさ。それに絵はわりと描けている自信はあったけど、話作りが下手な自覚もあった。だから誰にも見せず、賞にも出さず、一人でこそこそ描いていたんだ。――でも中学生の時、クラスメイトにばれた」

多田は授業中もひっそりとノートに漫画を描いていたらしい。だがそれが隣の席のクラスメイトにばれ、休み時間になるとノートを取り上げられた。

——こいつ、漫画なんて描いてるよ。気持ち悪い。

「たちの悪い連中にパラパラと回し読みされて、思いっきり馬鹿にされたよ。オタクだ、キモいって。俺は恥ずかしくて、教室から逃げ出したいと思った。っていうか、本当に逃げ出そうとした。でもその時、小暮がそいつらからノートを取り上げたんだ」

しかし小暮は多田にノートを返しはしなかった。自分の席に戻ると、多田の漫画を読み始めたのだ。

「読み終えるとあいつは、『話がめちゃくちゃでつまらない』なんて言ってきた。しかもノートを返してくれなくて、『返してほしいなら、放課後、俺の家に来い』なんて言いやがって……」

しかたなく多田が家についていくと、小暮は作品をどこの漫画賞に出すつもりかと聞いてきた。賞に出す気も誰かに見せる気もない。そう言うと、小暮は説教をしてきたそうだ。

——漫画は、読んでくれる人がいて初めて完成するものだろ。作者が作り上げたキャラクターたちの行動が、言葉が、感情が、読んだ人の心を動かす。それでやっとその漫画に意味が生まれる。今のままじゃあ、お前の漫画はどこにも存在していないようなもんだよ。

「正直、グサッときた。人の心を動かすのが漫画なら、ノートに秘められた俺のそれは確かに漫画として存在していない」

――お前はそれで満足なのか？

「聞かれて初めて気がついたんだ。俺は漫画を描きたいんじゃなくて、漫画で人の感情を揺さぶりたかったんだ。自分がそうされたみたいに」

満足じゃない。そう答えると、小暮は机からノートを取り出し多田の前に広げた。

「小暮が描いたネームだった。驚いたよ。小暮は真面目な秀才、文学作品は読んでも、漫画なんて読みもしないやつだと思っていたから。ネームを読んでみると、話は良くできていた。でもさ……」

多田はそこでくしゃりと顔をゆがめて笑った。

「絵がど下手なんだ。小学一年生でももっとマシに描くだろうってレベル。こんな絵じゃあ、お前こそ誰にも読んでもらえないだろって突っ込んだら、あいつは……」

――わかってるよ。だから俺とお前でコンビを組むんだ。足りないところを補い合って、二人で漫画家になろうぜ。

「そっちは絵が描けるけど、話がはちゃめちゃ。こっちは話は作れるけど、絵がど下手。漫画の神様が俺らにコンビを組めって告げているんだよ、って言ってきた」

そうしてコンビを組んだ二人は力を合わせて漫画を描いた。中学在学中から漫画賞に応募し、高校に入ると持ち込みも始めた。高校卒業後は進学も就職もせず、アルバイトをしながら創作を続けたそうだ。多田は実家に住み続けたが、家族から漫画家を目指すことを反対された小暮は家を出てアパートを借りたらしい。

　そして二十三歳。持ち込みを続けていたステップの編集者から声がかかり、サムサイの連載が決まった。

「確かに人気は出なかった。それでもサムサイは、漫画作りのために小暮とかけた時間は、俺にとってかけがえのない宝だ。でも小暮にとってはもう違うんだな……」

　多田は足を止め、さみしげにうなだれた。

「そう思うのも当然なのかもしれない。サムサイは俺たちが目指したような誰かの心に深く響く漫画じゃなかった。売り上げはふるわなかったたし、アンケートだって取れなかった。挙句、アホな作画担当は原稿をなくして、その上コロッと死んじまったんだから……」

　大切な作品、大切な時間。それをともに作り上げた大切な相方の死が、その価値を反転させてしまった。

「サムサイのことを気にかけているのは、もう俺しかいないんだ。だったらなおさら、俺がサムサイをきちんと終わらせてやらないといけないよな」

　自分に言い聞かせるように言って歩き始めた多田は、「うちの親、ちゃんとネームを残しておいてくれているといいけど」と不安げにつぶやいた。

　響希とケイは目を見合わせた。――ネームを手に入れ世間に発表したとしても、もはや多田の心は晴れないのではないか。

そんな思いをそれぞれの胸にしまい、響希たちは多田の後を追った。

多田の両親は不在だった。庭にいた隣人にそれとなく話を聞くと、どうやら遠方で親戚の結婚式があり、夫婦ともに泊りがけで出かけているらしい。帰宅日はわからないとのことなので、とりあえずまた明日訪れることにした。

ケイたちとはいぶき駅の前で別れた。ケイと多田は今夜、駅近くのネットカフェで夜を過ごすそうだ。

二十一時過ぎ。ベッドに腰かけた響希は、ケイに多田の様子を尋ねるメールを送った。ずっと消沈していた多田が心配だったし、彼のそばにいるケイやルリオのことも気になった。響希がいなければ、多田の声はケイたちに聞こえない。彼らだけでうまくやれているだろうか。

響希は机の前に移動してパソコンの電源を入れた。サムサイの単行本は二巻まで出ている。通販で買おうとしたのだが、どのサイトでも絶版のため品切れと表示されていた。

「中古なら見つかるかな?」

とりあえずフリマサイトを開いたその時、ケイから電話がかかってきた。

電話に出ると、ケイの声が聞こえた。多田を個室に残して通話スペースにやってきたという。

「多田さんの様子はどう？」

　そう響希が尋ねると、ケイは小さく息を吐いた。

「カフェにある漫画を読みたがっていた様子だったから、俺が代わりにページをめくって読ませた。それなりに楽しんでいるようには見えたけど……きっとふりをしているだけだ」

「そっか……」

　響希がため息を返すと、「響希」とルリオの声がした。

「俺、サムサイを読んでみたい。代わりにネットで買ってくれないか？　このカフェで探してみたけど、置いてないいんだよ」

「うん、いいよ。私もちょうど今、ネットで探していたところなの」

　言いながらフリマサイトの検索欄にサムライ×サイボーグと入力する。検索ボタンを押すと結果が一件表示された。

　響希はぽかんと口を開いた。

「どうした？」

　異変を感じたらしいケイが心配そうに聞いてきたが、響希は驚きのあまり返事ができなかった。

　サムライ×サイボーグの単行本が一、二巻のセットで出品されている。それはいいのだが、問題はセットにおまけとしてつけられている品にあった。

『おまけに超レア！　最終回原稿レプリカをおつけします☆』

「嘘でしょ？」

　レプリカがあるなんて多田からは聞いていないし、一年で打ち切られた漫画原稿のレプリカがわざわざ作られたとも思えない。

「おい、何かあったのか？」

「いや、それが……」

　響希は震える手で商品ページを開いた。すると、

『漫画サムライ×サイボーグの単行本一、二巻に、おまけとして最終回原稿のレプリカをおつけします。断捨離のため出品しました。超レア、お買い得品です』

という説明文の下に、単行本と漫画原稿の写真が掲載されていた。

「サ、サムサイが……サムサイの最終回の原稿が、フリマサイトに出品されている……」

　やっとの思いでそう言うと、「えっ？」とケイが声を上げた。

「——しかも二千円！」

「ええっ！」

　ケイとルリオの驚きの声は、見事なハーモニーを奏でていた。

地図から顔を上げた響希は、塀に掲げられた表札に新山と書かれていることを確認し、多田を振り返った。

「この家です」

多田は緊張の色を浮かべて響希が示す一軒家を見つめた。この家に、サムサイの最終回原稿がある。

フリマサイトでは出品者とメッセージでやり取りができる仕組みになっている。昨夜、原稿を購入した響希は出品者である新山に対し、できるだけ早く商品を送付してくれと頼むメッセージを送った。すると新山からは、もし自宅に取りに来られるのならば、明日にでも渡せるとの答えが返ってきた。

新山の住所を聞くと、なんといぶき市内である。響希が「明日、取りに伺います」と勢いこんで返答すると、「では午後二時ごろにお願いします」と返ってきた。

予想もしなかった展開に、響希のみならずケイや多田も困惑していた。

新山がなぜサムサイの原稿を持っているかはわからない。新山自身が電車から原稿を持ち去ったのか、あるいはなんらかの事情で手に入れたのか。本物の原稿をレプリカと記載していた理由も不明だ。本当にレプリカだと思っているのか、そう偽っているのか。

謎は多い。ともあれ、失われたと思っていた原稿が見つかったこと自体は大きな収穫だ。

これでネームではない本物のサムサイ最終回を世間に発表することができる。多田と小暮の情熱の結晶を、完璧な形で世に出すことができる。

にもかかわらず家を見つめる多田の表情が硬いのは、小暮とその喜びを分かち合うことができないからだろう。サムサイを過ちと切り捨てた小暮は、最終回の発表を望んではいないようだった。

「……とにかく、原稿を取り戻しましょう」

響希が言うと、多田はこくりとうなずいた。

チャイムを鳴らすと、インターフォンから女の声で返答があった。「こんにちは。漫画を買わせていただいた志田です」と名乗ると、しばらくして玄関の扉が開かれた。出てきたのは響希の母と同年代ぐらいの女だ。

「志田さんね？　お待ちしていました。単行本と原稿はこの中にまとめて入っています」

新山は有名デパートの紙袋を差し出した。

響希はケイの腕から手を離して紙袋を受け取った。中には二冊の単行本とクリップで閉じられたサムサイの原稿が確かに入っている。

ケイがさりげなく響希の腕に触れた。と、紙袋をのぞき込む多田の姿が視界に現れる。

「間違いない。俺が描いた原稿だ」

「中身を確認させてください」

　多田に見せるため、響希は原稿を取り出しページをめくった。すると残り数ページというところで「待って」と多田が響希の手を押さえるようにした。

「ページが一枚抜けてる」

「え？」

「今のページでゼンタローがワルザエモンに必殺技を食らわせているだろ？　でもこの前に瀕死の状態で倒れていたゼンタローが必死の思いで立ち上がり、刀を構え直すシーンがあるはずなんだ。そのページがない」

　響希はページを一枚遡った。そこに描かれていたのはワルザエモンのビームに吹き飛ばされた主人公の姿であり、確かに次のページのシーンとつながっていないように思える。

「すみません。ページが一枚、足りていないのですが……」

「え、本当に？」

　困惑の表情を浮かべた新山は、

「でも、うちにあるのはそれで全部よ」

「この原稿はどのようにして手に入れたんですか？」

　ケイが聞くと、新山はますます困ったように頬を押さえた。

「ごめんなさいねぇ。それ、元々は息子のものだから、私にはよくわからないんですよ。きっと出版社や書店の懸賞で当てたんじゃないかしら？　ほら、よくあるでしょ、そういう企画。うちの子、オタクだからそういうのにしょっちゅう応募しているのよ」

嘘をついているようには見えない。新山は本当に原稿を当選品のレプリカだと思っているようだ。

「息子さんと話をさせてくださいませんか？」

「それが無理なのよ。四日前に家を追い出したから」

「追い出した？」

ケイが聞き返すと、新山はため息をついた。

「そうなんですよ。恥ずかしい話なんだけど、うちの子、二十二にもなったっていうのに、定職につかずふらふらグータラ……。だからつい頭にきて家から叩き出したの。で、この際、息子の不要な荷物も処分しちゃおうと思って。漫画本とかアニメのグッズとか、山のようにコレクションしているのよ、あの子」

原稿はそのコレクションを整理している中で見つけたのだと、新山は悪びれる様子もなく言った。サムサイの単行本と一緒に棚に収納されていたらしい。

「なんだか珍しそうな物だから、少しはお金になるかな、と思って出品してみたの。――それで、どうしたらいいかしら？　割引にする？　それとも返金がいい？　せっかく足を運んでいただいたのに、申し訳ないわねぇ」

多田は明らかに気落ちしている。まさかこのままでいいはずがないだろう。

「息子さんが今どこにいるか、わかりますか？」

原稿を胸に抱き、響希はそう尋ねた。

「諒太は幼なじみのアパートに転がり込んでいるのよ。幼なじみ本人からそう聞いたから間違いないわ。昨日、スーパーでばったり会ってね。あの子はえらいわよ。ちゃんと就職して、一人暮らしを始めたんだから。それに比べてうちの子は、せっかく小さなころから塾に通わせたっていうのに、大学受験さえせずに漫画ばっかり読んで……」

際限なく息子の愚痴をこぼし続ける新山からどうにか幼なじみの住所を聞きだし、響希たちは徒歩で十分ほどかけてそのアパートまでやってきた。

一〇三号室のチャイムを鳴らすと、若い男が出てきた。新山と瓜二つの顔だったので、すぐに諒太だとわかった。

「新山諒太さんですよね」

「あ、はい。そうですけど……」

諒太はずれた眼鏡を押し上げ響希たちを見比べた。何か作業をしていたのか、その手はあちこちが黒く汚れている。

「あの、これ」

響希は原稿を見せた。すると諒太はぎょっと目を見開き、

「俺のサムサイ！　え、なんで？」

母親がフリマサイトに出品したものを購入し、自宅を訪れ引き取った。そう説明すると諒太は、

「信じらんねぇ、人の宝を勝手に……！　あのオニババ！　オタクの敵めぇっ！」

と頭を抱えた。

「この原稿、一枚足りないようなんです。抜けたページを持っていませんか？」

「もちろん、持ってます！」

威勢よく言った諒太はしかし途端に腰を低くして、

「持ってますけど……あの、すみません。お金はちゃんと返しますんで、原稿は返してくれませんか？」

原稿に伸ばされた手から響希はさっと身を引いた。

「諒太さん、この原稿をどうやって手に入れたんですか？」

「それは……」

ばつが悪そうに顎をかくその姿に、響希はこくりと喉を鳴らす。

「もしかして、十二年前に電車の座席に置かれていたのを持ち去ったのでは？」

ケイの言葉に諒太は目に見えて動揺した。――やはりそうだったのか。

「え、なんでそれを……」

「――なんでそんなことをしたんだ！」

それまで沈黙していた多田が声を張り上げた。ケイの腕に触れると、諒太に詰め寄る多田の姿が見える。

「君が届け出ていてくれたら……せめて置いたまま放っておいてくれたら、原稿は編集部に戻された。サムサイの最終回はちゃんとステップに載ったんだ。そしたら小暮は……」

言葉を詰まらせた多田は、ふっと肩を落とした。

「……何も変わらないか。サムサイが誰の心にも響かなかった事実も、俺が死んだことも変わらない……」

小暮の中で、サムサイが過去の過ちになってしまうことは変わらない。多田はそう思っているのだろう。

「あ、あの、悪気があったわけじゃないんです」

諒太はおろおろと視線を彷徨わせると、居た堪れないように顔を伏せた。

「俺は、サムサイが最終回になるのが嫌だったんです。大好きな漫画に終わってほしくなかったんだ」

え、と多田は諒太を見返した。

「どういうことです?」

ケイに低く問われ、諒太は身を縮ませた。

「小五の時、社会科見学に行くために乗った電車で、忘れ物の茶封筒を見つけたんです。中を見たらサムサイの最終回原稿が出てきて、すごくびっくりした。早く届け出なくちゃって思った」

諒太は駅の窓口に原稿を持っていこうとした。しかし、ふと考えた。

この原稿を届ければサムサイは次の号で最終回を迎える。でもこのまま持ち去ってしまえば、改めて原稿を描くのに時間がかかるだろう。最低でもひと月は終わりを引き延ばせるだろうと。

「もしかしたらその間に奇跡が起こって、サムサイが大人気になったり、編集部の気が変わったりするんじゃないかとも考えた。っていうか、そうなることを願ったんです」

祈るように、あるいは懺悔をするように、諒太は黒く汚れた手を胸の前で組み合わせた。

「だから原稿を持ち去ったんです。でも、十一月号の誌面に載っていたのは、休載の知らせではなくユーヤケ先生の訃報だった……」

諒太は恐怖を感じた。自分のせいでユーヤケ裕也はサムサイを完結させることなく逝ってしまった。取り返しのつかない罪を犯してしまった……。

「俺は自分がしたことを誰にも言い出せませんでした。罪を隠すように原稿をしまい込み、ずっとそのまま……」

糾弾に備えるよう諒太はぎゅっと目をつむった。

響希は多田の反応をうかがった。しばらく無言を貫いていた多田は、はぁ、と大きく息を吐くと、

「憎しみを乗り越えなさい。そうする自分を許しなさい」

と、表情をやわらげた。

「今の、ゼンタローの師匠のセリフなんだ。俺は彼を許すよ。というか、サムサイを好きになってくれた少年を恨むことなんてできやしないよ」

響希はうなずき、諒太に向き直る。

「ユーヤケ先生は、あなたを恨んではいません」

そう伝えると、諒太はぽかんと響希を見返した。

「えっと……ほら、師匠も言っていたでしょう？　憎しみを乗り越えなさい。そうする自分を許しなさいって。ユーヤケ先生もきっとその心で許してくれると思うんです」

響希の言葉に、諒太は眼鏡の奥の瞳を異様に光らせた。

「第四話！　恩讐の彼方へ！」

「へ？」

「情を捨て切れず敵を見逃した自分自身への怒りでゼンタローが暴走した時、師匠は自らの腕を犠牲にしてゼンタローを止め、そう諭してくれた。作中屈指の名シーンの台詞だ！」

「……あの、それで足りないページはどこに？」

そう尋ねたケイに諒太はずいと近づき、

「そのシーンは作品の重要なターニングポイントでもある。ただ復讐のために強くなろうとしていたゼンタローが、苦しんでいる人々を救うために戦うようになるんだ。情は切り捨てるべき弱さであると思っていたゼンタローが、その後は情を貫くために戦うことで強くなっていくんだよ！」

「そう！　そうなんだよ。よくぞ読み取ってくれた！」

多田がこぶしを掲げると、呼応するように諒太の語りにも熱が入った。

「俺が思うに、このシーンは六話のワルザエモンとヒドーマルのシーンの対比にもなっていて……」

「り、諒太さん。抜けたページはどこにあるんですか？」

はっと我に返った諒太は、「すみません。待っていてください」と部屋の中へ引っ込むと、一枚の原稿を手に持ち戻ってきた。

「この一枚だけは、いつも持ち歩いていたんです。自分の罪を常に自覚するために……いや、ごめんなさい。嘘です。お守りのつもりで持ち歩いていました。サムサイは俺に力を与えてくれる漫画だから……」

「それを譲ってはいただけませんか？　私たち、サムサイの最終回をネットにアップしたいと思ってるんです」

自分たちはサムサイのファンであり最終回を世間に発表することで、きちんと作品を終わらせたいと思っている。そう説明すると諒太はパチパチと目を瞬かせ、

「俺、自分ほどサムサイを好きなファンなんていないと思っていた……」

ぽつりとつぶやき、潤んだ目を原稿に向けた。

「でも、そうだよな……。こんなに素晴らしい漫画なんだ。最終回を待ちわびていた読者だっていたはずだ。なのに、俺は……」

ぐっと唇を嚙みしめた諒太は、響希に原稿を差し出した。

「あなたたちがファンの正しい姿だ。元凶の俺が言うのもなんだけど、ネットに最終回をアップしてサムサイをきちんと完結させるっていうのは、すごくいいアイディアだと思います」

響希は原稿を受け取ろうとした。しかし諒太は、「やっぱり待った！」と原稿を胸に引き寄せた。

「一体なんです？」

ケイが眉をひそめると、諒太は「す、すみません」と縮こまった。

「もったいぶっているわけではないんです。ただ、この原稿、まずはユーグレ先生に返すべきだと思って……」

「……確かにそうするのが筋だろうな」

ケイの言葉に響希は「そうだね」と同意した。

確かにまずは小暮に原稿が見つかったことを報告すべきだし、その上で改めて最終回を発表したいと申し出たほうがいいだろう。

小暮はサムサイの最終回ネームを世に出すことを望んでいなかった。けれど――。

響希は原稿に視線を落とした。自分には絵のことも漫画のこともわからないが、多田がこれを全力で描き上げたことは理解できた。細やかに描かれたキャラクターの表情はその心の内を雄弁に語り、アクションには画面を飛び出してきそうな躍動感がある。この原稿を目にしたら小暮の気持ちも変わるかもしれない。

「俺もこの原稿を小暮にちゃんと見てほしい」

多田が言った。かすかな期待がこもったその言葉に、響希は小さくうなずいてケイを見た。

「ケイ、今からもう一度小暮さんのアパートへ行こうよ」

そう言うと、「ちょっと待って」と諒太が眼鏡を押し上げた。

「あなたたち、ユーグレ先生の住所を知ってるんですか?」

「ええ、まぁ……」

「はい！」

諒太はピンと高く手を伸ばすと、

「俺も行きます！　俺、自分の口から先生に謝りたいです！」

「いやー、サムサイにここまで情熱を注ぐファンに出会えるとは思ってなかったよ。作者コメントから住所まで突き止めるなんて、なかなかクレージーじゃん。あ、ごめん。今の褒め言葉のつもりだから。――ねぇ、ところで二話のヒドーマルの台詞、あれ、五話への伏線だって気づいてた？　絶妙だよね、あそこ」

小暮のアパートへの道中、諒太はサムサイについて熱っぽく語り続けた。多田はそれをにやにやと聞きながら、時に注釈を入れる。

ファン垂涎（すいぜん）のその情報を響希が自分の意見として伝えると、諒太は「その視点は斬新だ」と興奮したり、「その解釈は俺が思いつきたかったぁー」と悔しがったりした。

「十一話の最後、ゼンタローがサイボーグ眼（がん）を自ら壊すだろ？　あれは予想外だったよ。てっきりサイボーグ眼が最終決戦の切り札になるんだと思っていたから。あの選択が最終回にどうつながるのか、気になるよねぇ」

諒太がそう言ったのは、小暮のアパートが目の前に迫った時だった。響希は首をかしげる。

「最終回、まだ読んでいないんですか？」

「うん、実はパラパラと流し見したことしかないんだ。俺のせいでステップに最終回が載らなかったのに、俺だけがサムサイの結末を知るのは申し訳なくてさ……。ユーグレ先生が俺の謝罪を受け入れてくださらない限り、俺に最終回を読む権利はないと思う……」

不安そうにうなだれた諒太の肩を、多田はぽんと叩くふりをした。

「まぁ、お守りのページだけは何回も見返したけどね。あそこはユーグレ・ユーヤケ両先生のテクニックが詰まった、漫画のお手本みたいなページなんだよ」

諒太が言ったその時、二〇一号室から女が出てきた。後から小暮も出てくる。

「あの男性がユーグレ先生です」

そう教えると、諒太は階段を下りる小暮に向かって「ユーグレ先生！」と声を張り上げた。

こちらを向いた小暮は表情を険しくした。「ユーグレ先生？」と首をかしげた女に対し、「悪い。先に車に乗っていて」とキーを渡す。その際、左手の薬指で指輪が光った。多田も気づいたらしく、「結婚していたのか」と驚きの声を上げる。

女は不思議そうにしながらもアパートの裏手にある駐車場へ向かった。響希たちは階段を下りてきた小暮に近づいた。

「勘弁してくれよ。これから出かけるところなんだ」

「すみません。少しだけ時間をください」

響希が言うと、諒太は原稿を小暮に差し出した。

「十二年前、電車から原稿を持ち去ったのは俺です。申し訳ありませんでした！」

がばりと頭を下げた諒太は、自分の行為とそうした理由を説明した。その姿を凝視する小暮が何を思っているのか、響希には読み取れなかった。

「サムサイの最後を汚してしまい、本当にすみませんでした」

さらに深く頭を下げた諒太を庇うように、多田が前に進み出る。

「小暮、俺たちの原稿が見つかったんだ。ほら、見てくれよ」

「……とっくに終わったことだ。謝罪はいらない」

怒りもなければ温かみもない声音で言った小暮は、諒太からついと視線を外した。

「それは持ち帰ってくれ。俺にはもう必要のないものだ」

小暮、と多田が縋るような声を上げた。

「頼むよ。見てくれ。これが俺の最後の原稿なんだ」

「ユーヤケ先生が懸命に描き上げた原稿なんです。どうか読んで……」

「やめてくれよ！」

　響希の言葉を遮り、小暮は叫んだ。

「俺と違って多田には才能があった。サムサイみたいな古臭い話しか思いつかないやつじゃなく、ちゃんとした原作者と組んでいたら、もっと評価されていたはずなんだ。誰にも響かないゴミみたいな漫画のために、俺はあいつの才能を浪費させた。命まで奪ってしまった。俺はもう、そんな自分の過ちを見たくないんだよ！」

「違う……」

　多田は悲しげな目で小暮を見つめた。

「浪費なんかじゃない。サムサイは俺にとって最高に熱い物語だった。全力で描きたくなる漫画だったんだよ……」

　しかしその震える声は、頑なに過去から目を背ける小暮には届かなかった。

「ネットにアップしたいなら好きにしたらいい。多田の絵にはたくさんの人に見られる価値があると思う。でも、俺の知らないところでやってくれ。俺はもう、過ちの象徴に関わりたくない」

　小暮は響希たちに背を向け駐車場へ向かった。その後を追おうとした響希とケイの進路を多田が阻む。

「もういいよ」

　多田が諦念を滲ませうつむいた直後、諒太が叫ぶ。

「光を求め進み続けること、その行いこそがまさに希望の光なのだ！」

　小暮と多田ははっとしたように諒太を見た。驚きととまどいが入りまじった二つの視線を受け、諒太はフン、と鼻息を荒くした。

「仲間のほとんどが敵に倒され、作り上げた拠点も壊滅させられた。その時、ゼンタローは自分を奮い立たせてそう言った。あのシーンに俺は勇気をもらいました。ムラマサを手に入れるためにゼンタローたちが迷宮の試練に挑んだ時は、これから何が起きるんだろうってめちゃくちゃドキドキした。仲間のユキノジョーがスパイだとわかった時はショックだったけど、あいつがゼンタローたちのために命を張って敵幹部を倒した時は、胸が熱くなった！」

　小暮の視線が揺れた。興奮に顔を赤くした諒太は、さらに声を張り上げる。

「サムサイを馬鹿にするのは原作者だって許せない！　俺はあなたたちの漫画にたくさんの感情をもらったんだ！　自分もこんな漫画を描きたいとまで思って、漫画を描き始めた。──俺、漫画家になりたいんです！」

「……インクか」

　諒太の黒く汚れた手に目を向け、多田がつぶやいた。そうか、と響希は合点する。自分たちが訪ねた時、諒太は漫画を描いていたのだ。

「サムサイが俺に夢を、希望を与えたんです。ユーヤケ先生の絵だけじゃない。先生の絵と、あなたの作った物語の両方が、俺の心を震わせたんです。なのに……それをゴミだなんて……」

諒太は眼鏡を上げ、目じりに浮かんだ涙をぬぐった。その拍子に顔についたインクの汚れを、多田は――そして小暮は、眩しいもののように見る。

「そんなこと作者に言われたら、ファンはどうすりゃあいいんですか？　俺の大好きな漫画を否定しないでください」

小暮に歩み寄った諒太は、改めて原稿を差し出した。

「おこがましいのは承知の上で言わせてください。サムサイは先生たちだけじゃなくて、俺の情熱の結晶でもあるんです。俺はゼンタローの仲間の一人になった気持ちで、連載を追っていたんです」

諒太の手は震えていた。――だが、おずおずと伸ばされた小暮の手はそれ以上に震えていた。

原稿を受け取った小暮はごくりと唾を飲み込むと、意を決したように漫画を読み始めた。時に驚きに見開かれ、時に切なげに揺れるその眼差しの変化を、多田はじっと見つめていた。

小暮は最後のページを読み終えると、ふっと息をこぼした。

「……いい最終回だよなぁ、やっぱり……」

そのつぶやきが捧げられたのは諒太ではなく、もちろん響希でもケイでもないだろう。

「だよな」

泣き笑いの表情で多田が答えた。

――サムサイをちゃんと終わらせたい。できるだけたくさんの人に見てもらいたい。そう言った小暮は、最終回は自分がＳＮＳにアップしたいと申し出た。

当然、響希たちは了承した。それをするのに小暮以上に相応しい人物はいない。

小暮と別れた後、響希たちはいぶき駅に来た。母親の横暴を止めるため自宅へ帰ると言う諒太とはそこで別れ、駅近くにある漫画喫茶を訪れた。品揃えが豊富と評判のその漫画喫茶には求めていたサムサイの単行本全二巻が――諒太のものは彼に返してしまった――揃って置かれていた。

響希とケイ、そしてルリオは顔を並べてサムサイを読んだ。最終回の代わりに読み切りが収録された二巻を読み終えると、ルリオは多田に、

「めちゃくちゃ面白いじゃん、ユーヤケ先生」

と小声で伝えた。響希とケイも同意した。お世辞ではない。粗削り（あら）な部分はあるのかもしれないが、ダイナミックな絵と展開の熱さがよく組み合わさり、夢中になって読んだ。

「尊敬するよ。ペンネーム、ちょーダセぇって思ってごめんな」

「ありがとう。……え、ペンネーム、ダサい？　いやいやいや……やっぱそう思う？」

多田が言ったその時、響希の携帯電話にSNSの通知が届いた。別れ際、小暮はサムサイを発表するため、SNSにユーグレ・ユーヤケのアカウントを作った。そのアカウントにコメントが投稿されたようだ。

『漫画サムライ×サイボーグの最終話です。一人でも多くの人に読んでもらえますように』

投稿を確認すると、そんなコメントとともにサムサイの最終回原稿が画像でアップされていた。

「やっと……」

多田は感極まったように画面に見入った。

早く読もうぜとルリオに急かされ、響希は画像を開いた。ケイとルリオのペースに合わせてページを送っていく。

最後のページを見終えた時、二人と一羽は、揃ってため息をついた。良い物語だったと素直に思う。

「あ、さっそくコメントがついていますよ」

『サムサイに出会えて本当によかった。ユーグレ・ユーヤケ先生、ありがとうございました』

　諒太からだった。ほら、と響希が画面を見せると、多田は笑みをこぼした。

「……外へ出たい」

　多田にそう言われ、響希たちは漫画喫茶から出た。

　外は朱色に染まっていた。人も建物もみな赤みを帯びている。多田の姿もだ。

　響希は沈みゆく夕日を見た。あの優しい光は、彼の存在に気づいている。すべての者を等しく照らしているのだ。

「本当は、もっとあいつと漫画を描きたかったと思うよ。でも、こればっかりはしかたないよな」

　自分に言い聞かせるようにつぶやいた多田は、目を細めて夕空を見渡した。

「……懐かしいな」

　その瞳から一粒の涙がこぼれ落ちた。透明な流体は軌跡を描く間に形を得て完全な珠となり、多田の足元にころりと落ちた。——と、多田の体が白く光り始める。

　徐々に強まる発光はやがて多田の輪郭（りんかく）を覆い隠した。そして光がふと収まった時、そこには淡く輝く白い玉が浮いていた。

　これが多田の魂だ。未練を乗り越えた多田が、その身を柔らかで軽やかな光の玉に変えた。

道行く人は、誰もこの奇跡の瞬間に気づいていない。気づいているのは、響希たちだけ……。

ケイがズボンのポケットに手を入れた。取り出したのは、夕焼けと同じ朱色の風船だった。ケイはそれにふぅふぅと息を吹き込んで丸く膨らませると、口に長い金糸を結び付ける。

「おいで」

穏やかな声に誘われた魂がふよふよと近づくと、ケイは金糸を握り風船から手を離した。ふわり、と浮かぶはずのない風船が浮き上がる。

ケイはさながら遊園地にいる風船売りのように、魂へ風船を差し出した。ぴょんとうれしげに弾んだ光の玉は、薄い膜をすり抜けて風船の中に入り込む。

ケイと響希は光を宿した風船を眺めた。しばしのち、ケイが金糸から手を離すと、自由を得た風船は空に向かって真っすぐに昇っていった。

「俺の出番だ」

ケイの胸ポケットから飛び出したルリオは、パタパタと羽ばたいて風船を追い越すと、近くの電線に止まった。

青い小鳥はオペラ歌手のように悠々と胸を張ると、美しいさえずりを響かせた。

それは魂を迷わせず送るための歌だ。旅立ちを寿ぐ、優しくも切ない調べ……。

今度は風船がルリオを追い越した。夕日の光と小鳥の祝歌に優しく送られながら、無垢なる魂は空を目指した。

※※※

画像のアップロードが終わった。マウスから手を離した小暮は、深く息を吐いた。

――もっとこいつと漫画を描きたかった。

病院で多田の白い顔を見下ろした時、浮かび上がったその感情は、しかしすぐにベタで真っ黒に塗り潰された。

実力が釣り合っていない。もっとうまい原作者と組んだほうがいいんじゃないか。多田が編集者にそう言われていたことを知っていた。俺は小暮と漫画を描きたいんです、と多田が返していたことも。

多田の気持ちがうれしかった。――うれしがっている場合じゃなかった。早く解放してやるべきだったのだ。多田の才能も命も、俺のつまらない物語のために消費されていいものじゃなかったのに……。

もう漫画は描きません。多田の葬式でそう告げた時、ステップの編集者は気の毒そうな表情を浮かべたものの、小暮を止めることはしなかった。

漫画雑誌で連載をしたのだから、漫画家になったとは言えるだろう。でも、夢を叶えたという気はしなかった。作品は一年で打ち切り、しかもその最終回原稿は相方の命とともに失われた。ピリオドを打たれなかったサムサイは、諦念と悔恨の間で宙ぶらりんにされ続けていた。

漫画家をやめましたと報告したら、アルバイトをしていた住宅設備会社の社長が社員にならないかと誘ってくれた。腰かけ気分を捨て真剣に挑んでみれば、やりがいを感じられる仕事だった。

汗水たらして不具合を解消すれば、客には「助かりました」と感謝され、喜んでもらえる。収入は安定して不規則な生活は改められた。親を安心させることもできた。紙の無駄だ、早く打ち切られろ、なんて感想を目にして眠れなくなることもなくなった。

隣の部屋から妻の鼻歌が聞こえる。機嫌が良いのは、先ほど戸建てを新築する契約を済ませてきたからだろう。白壁の小さな家は、妻の腹にいる子が生まれる前には完成する予定だ。

地に足をつけて得た幸せは尊い。だから、これでいい。過去は振り返らない。夢はもう見ない。そんなことをしてもただ後悔と罪悪感に苛(さいな)まれるだけだ。

そう思っていた。けれど――。

小暮は机に目を落とした。十二年足らずの時を経(へ)て自分のもとにやってきた原稿は、自分と多田が全身全霊をかけて描き上げた原稿は——決して目にすることはできず、目にしたくもないと思っていたその原稿は——とても美しかった。

改めてパソコンの画面を見ると、投稿にコメントがついていた。

『サムサイに出会えて本当によかった。ユーグレ・ユーヤケ先生、ありがとうございました』

彼からのものだとわかり、目頭(めがしら)が熱くなった。——やっと、終わりにすることができた。サムサイを読者の手に渡すことができた。

小暮はカーテンの隙間から朱色の光が差し込んでいることに気づいた。手を伸ばしてカーテンを開けると、景色は見事に朱(あか)く染まっていた。

「……懐かしいな」

中学二年の夏。初めて描き上げた漫画を漫画賞に出すため、多田と近くのポストに向かった。あの時も、辺りはこんな朱色をしていた。

——漫画家への第一歩だ。この記念すべき瞬間を忘れないようにしよう。

せーのでポストに原稿を入れた後、多田はそう言った。その時、小暮がユーグレ・ユーヤケというペンネームを思いついたのだ。自分たちにぴったりの名だと思った。

途端、記憶が溢(あふ)れ出る。高二の夏休み、画材を買うため二人で引っ越しのアルバイトに励みへとへとになったこと。初めて編集者から名刺をもらい、舞い上がりすぎてその名刺を側溝に落としたこと。読み切りが雑誌に掲載された時、扉絵に載ったユーグレ・ユーヤケの名を見て、やっぱりダサいんじゃないかと不安になり、内容で勝負すりゃあいいんだと開き直ったこと。次から次へと、閉じこめていた思い出が蘇(よみがえ)っていく。

声を押し殺し、こぼれる涙をぬぐっていると、「ちょっと、どうしたの?」と妻が部屋をのぞいた。

「もしかして、ローンにプレッシャー感じちゃった? 大丈夫だよ。これまで貯めてきたお金があるし、私だって赤ちゃんを産んで育休を終えたら、職場に戻るつもりだから」

「違うよ。そんなんじゃない」

小暮は首を振った。その時、彼が新たなコメントを寄せた。

『今、出版社から電話がきました。俺が応募した漫画が努力賞を取ったそうです! デビューも賞金もない賞だけど……やったー!』

ははっ、と今度は笑い声がもれた。「ええ、本当に大丈夫?」とさらに心配そうな顔をした妻に、小暮は原稿を掲げてみせた。

「何、それ? 漫画?」

「俺が話を考えた漫画。――俺、漫画家だったんだ。若いころ」

「ええ? 嘘でしょ? なんで今まで教えてくれなかったの? ちょっと読ませてよ」

言いながら妻は小暮から原稿をひったくった。

――もっとこいつと漫画を描きたかった。

決して叶えられない望みが胸に戻ってきた。苦しい。でも、それを受け入れたことで楽になった部分もある。

自分と多田は夢の途中で道を外れてしまった。

でも、だからといって俺たちのしてきたことが無価値であるはずがない。俺たちが漫画に捧げた情熱と時間は、俺たちが創り上げたサムサイは、まぎれもない宝だ。

自分たちが知らぬうちに、彼はその宝を受け取ってくれていた。サムサイを愛してくれた若者は、一体どんな漫画を描くのだろう。

小暮はパソコンに向き直り、彼への返信を打ち込んだ。感謝と、少しの羨望を込めて――。

『頑張れ。君が描いた漫画をいつか読みたい』

※※※

ケイは透き通った小さな珠を拾い上げた。珠は夕日の光を受け朱色に染まっていたが、よく見れば表面に虹色の光彩を浮かせている。
これが重石――多田をこの世に押し留めていた未練が清められた果ての形だ。

ケイが嘴へ重石を持っていくと、彼の肩に止まるルリオはこくりとそれを飲みこんだ。

「よっしゃあ、それじゃあ測定といこうぜ」

ぴょんと飛び跳ねたルリオがそう言うと、ケイはポケットから重石の重さを量るためのばね秤を取り出した。くすんだ金の板には目盛りが十七まで刻まれ、先端には鉤型のフックがついている。

およそ十カ月後に行われる査定。その時までに指標が十七まで下りていれば、ケイは死神のノルマを達成したことになる。

「行くぜ」

ルリオがケイの肩からフックに飛び移った。ブランコのように揺れるフックがやがて動きを止めたところで、響希とケイは定まった指標を読み取り、同時に息をこぼした。

指標は六のわずか手前で止まっていた。まだノルマの半分にも至っていない。けれど、ついたため息は落胆によるものではなかった。

「ちゃんと前には進んでいるもんね」

響希の言葉に、ケイはうなずき、

「光を求め進み続けること、その行いこそがまさに希望の光なのだ……だな」

とすました顔で答えた。

「なんだよ、ケイ。お前も立派なサムサイファンだな」

ルリオがピピピと楽しげにさえずった。響希も合わせて小さな笑い声を立てる。

そうだ。希望の光はある。

なくした原稿を求めて無人の窓口に呼びかけ続ける、あの孤独な霊はもういない。残された人々の胸の中にあるのは、夢に情熱を傾けた漫画家の姿だけだ。


帰宅した響希は洗面所に向かおうとした。しかしリビングから聞こえた母の声に足を止める。

「本当に、申し訳ありません」

響希は扉の隙間からリビングの様子をうかがった。ダイニングの椅子に座る母は誰かと電話で話している。響希が帰ってきたことには気づいていないようだ。

「益子さんの気持ちは、理解しているつもりです。でも、それでも無理だわ」

益子という名に、すぐに心当たりが浮かんだ。電話の相手は益子ゆうなの母親だ。

四年前に響希が入院していた時、七歳年下のゆうなも同じ病室にいた。響希と同じく白血病を患っていた。

年は離れていたが響希とゆうなは親しく、母親たちの間にもつながりはあった。同じ病気の子を抱える親として連帯感があったのだろう。響希たちが隣同士のベッドで励まし合っていたように、母親たちも励まし合っていた。

だが響希は退院し、その数カ月後にゆうなも退院した。外来治療もその後一年ほどで終わったと聞いている。

志田家も益子家も子の病を真ん中に据えた生活から離れ、互いに日常の中へ戻っていった。今となっては、暑中見舞いや年賀状を送り合うぐらいの仲に留まっていたはずである。

それなのに、母は何を謝っているのだろう。何を無理だと言っているのだろう。妙な不安に駆られ、響希は左耳をすませた。

「ゆうなちゃんのお願いを、響希に伝えることはできません」

ゆうなの願い？　ゆうなが私に何かをしてほしがっている？　だとしたらどうしてお母さんはそれを断るんだろう？

困惑しながら盗み見た母の横顔は、苦渋に満ちていた。

「おつらい気持ちに寄り添うことができず、申し訳ありません。……本当に、ごめんなさい」

通話が終わったらしく、母は携帯電話をテーブルに置いた。暗くなった画面をじっと見つめていたかと思うと、ふいに両手で顔を覆ってうなだれる。

「なんの話をしていたの？」

響希がリビングに入ると、母ははっとした様子で顔を上げた。

「なんだ。帰ってきていたの」

「今、ゆうなのお母さんと話していたんだよね。なんの話だったの?」

「……べつに、近況を話していただけよ」

ぎこちない笑みに響希は「嘘」と返した。

「お母さん、謝っていたじゃない。ゆうなのお願いってなんなの?　どうしてそれを私に教えられないの?」

ゆうなの母が「おつらい気持ち」でいる。それが何を意味するのか、不穏な連想を抱かずにはいられない。

「それは……」

母が黙り込んだ。響希はつかつかとテーブルに歩み寄り、母の携帯電話に手を伸ばした。

「教えてくれないんだったら、ゆうなのお母さんに直接聞く」

響希の手が届くより先に、母は携帯電話を取り上げた。

「お母さん!」

母は観念したかのように深く息を吐き、「再発よ」と静かに告げた。

「去年の十二月から入院しているそうよ」

「再発……」

闘病中の記憶が蘇り、喉がぎゅうっとおかしな音を立てた。

絶え間ない吐き気、息を吸うだけでも痛む口内炎、あばらの骨が折れるかと思うほどの激しい咳。髪は容赦なく抜けていき、頬は別人のようにこけていく。

あの苦痛の日々の中にゆうなが引き戻されてしまったのだと思うと、苦いものがこみ上げてくる。

「……ゆうなは、私に何を望んでいるの？」

母は口ごもった。「お母さん」と詰め寄ると、響希から視線を逸らして、

「響希にお見舞いに来てほしいって……」

「なんでそれをお母さんが勝手に断るの？　お見舞いぐらい、いつだって行けるのに」

困惑と怒りがない交ぜになる。――私の行動を勝手に制限しないで。私の気持ちを決めつけないで。

「治療のつらさは、お母さんだって知っているでしょう？　支えになれるんだったら、いくらでも……」

「ゆうなちゃんはもう、治療をやめているのよ……」

響希は言葉を失い、うつむいた母をぼう然と見下ろした。

治療をやめた。それはつまり、ゆうなに治る見込みがないことを意味している。

そして同時に、響希は母が自分にゆうなの願いを伝えまいとした理由も理解した。響希にとっては二重の苦悩だ。

闘病仲間を喪う悲しみ。そしてゆうなを通して、自分の中に潜む死の影を見る恐怖……。母は娘がそれに耐えられないと思っているから、ゆうなのことを隠そうした。

こぶしを握る。感情を持ってゆく場所が見つからず、ひたすら握り続けた。

母は響希をあらゆる苦悩から遠ざけようとする。母親だから。そして、かつて響希がそれに耐えられず潰れてしまったのを知っているから。

母はただ、弱く頼りない娘を守ろうとしているだけだ。愛と慈しみゆえに――。

「ゆうなちゃんのことは、ゆうなちゃんのご家族に任せなさい。あなたには背負いきれない」

顔を上げた母は諭すように言った。響希は何も答えず、リビングから出た。

宝ものは手の中に

十六時過ぎ。病院を訪れた響希は受付を済ませ、西側にある小児科病棟を目指した。

このいぶき医療大学付属病院は市内で一番規模の大きい病院だ。響希は十四歳の時に発症した白血病をここで治療した。

治療には入院期間を合わせると二年近くかかった。今は完全寛解──完治したといえる状態だが、それでも再発や副作用が発症する可能性があるため、定期的に検診を受けに来ている。そのため外来には何度も来ているが、小児科病棟を訪れるのは久しぶりだった。

響希が入院していた時、小児科病棟の患児への見舞いは家族や親族に限られていた。しかし現在、その制限は取り払われている。

ゆうなに会いたいと思う。ゆうなが響希に会うことを望んでいてくれるのならなおさらだ。

エレベーターの前に立ちボタンを押そうとしたその時、背後から「響希ちゃん？」と声をかけられた。振り返ると、ゆうなの母親である真美子が立っていた。

最後に会った時よりかなりやつれて見える。子が吐き気に苦しむ姿を見れば、親だって食事は喉を通らない。病院のベッドで恐怖とさみしさに震える夜を思えば、眠ることもできない。響希の母もそうだった。

真美子は感じ入ったように響希を見ると、

「すっかりお姉さんになって……」

その表情がかすかにゆがんだのは、十八歳の響希の姿に自分の娘の届かぬ未来を思ったからなのかもしれない。

響希は重ねた両手をぎゅっと握り、「お久しぶりです」と頭を下げた。

「ゆうなに会いに来てくれたのよね？　志田さん、響希ちゃんに話してくださったのね」

「……実は……」

響希は、母があくまでゆうなの状況を隠し通すつもりだったこと、自分がそれを知ったのは母たちの会話を盗み聞いたからであることを伝えた。真美子が母に電話を入れれば、どうせ明らかになることだ。

「ごめんなさい。母は、私にはショックが大きすぎると思ったんです。私があんまりにも頼りないから……」

「ううん、謝るのはこちらのほうよ。無遠慮な頼みだっていう自覚はあったの。響希ちゃんに重い負担をかけることになるとわかっていた。逆の立場だったら、私だって断っていたと思う。それでも頼まずにはいられなかったの……。ごめんなさい、響希ちゃん」

真美子が頭を下げた。響希は「気にしないでください」と真美子の腕にそっと触れた。

真美子は娘を第一に考えて行動した。それを身勝手とは思わない。自分の母の振る舞いをそう思わないように。

「私もゆうなに会いたいです」

そう伝えると真美子は「ありがとう」と笑んだ。胸が痛くなるような微笑(ほほえ)みだった。

真美子に連れられ、響希は小児科病棟に足を踏み入れた。ナースステーションに顔を出すと見知った看護師が何人かいて、響希との再会を喜んでくれた。

小児科病棟の雰囲気は自分が入院していたころと変わっていなかった。外界から隔絶された、静かで清潔な場所。流れる空気はゆるやかだが、それでいて少し息が詰まるような閉塞(へいそく)感もある。その感覚は小児がん患児専用のエリアに入ると、さらに強まった。

真美子は個室の扉を静かにノックすると、

「ゆうな、入るよ」

と病室に入った。真美子に続いた響希は、ベッドに寝そべるゆうなの姿を見てひそかに息をのんだ。

痩(や)せているだろう。顔色は優れないだろうし、髪は薄くなっているだろう。かつての自分の姿を思い返し、覚悟はしていたつもりだ。

だが十一歳の女の子がその姿で臥(ふ)せているのを目の前にすれば、やり切れない感情がわき出た。

「……響希ちゃん？」

ゆうなは驚いた顔をした。響希は「久しぶり」と笑顔を作ってベッドに近づいた。

「来てくれたんだね。ありがとう」

「うん。ゆうなが私に会いたがっているって聞いたから」

　ゆうながベッドから身を起こそうとした。「無理しないで」と留めようとすると、「平気」と笑顔が返ってきた。

「薬をやめたら、少し元気になったの。ご飯も食べられるようになってきた」

　抗がん剤の副作用がなくなれば、ひどい吐き気は治まる。気力も食欲も増すだろうが、それは本当の元気ではない。響希はゆうなに悟られぬようそっと息を吐いた。

「本は読めそうかな。差し入れに持ってきたんだけど……」

　響希は持ってきた紙袋の中から本を取り出し、ゆうなに見せた。

「私のおすすめの漫画と小説。気に入ってくれるといいんだけど」

　本を手渡すと、ゆうなは無邪気に「わー、ありがとう」と喜んだ。

「この漫画、ちょうど読みたいと思っていたんだよね」

「そうなの？　選んでよかった」

　真美子に勧められ、響希は椅子に腰かけた。

「ゆうな、ママは少し看護師さんと話をしてくるから。響希ちゃん、よろしくね」

　響希とゆうなが返事をすると、真美子は荷物を置いて病室から出ていった。

　ゆうながまじまじと響希を見つめた。「ん？」と首をかしげると、

「響希ちゃん、大きくなったねぇ」

妙にしみじみとした口ぶりに、作り笑いではない、本物の笑みがこぼれた。

「ゆうなもね」

最後に会ったのはゆうなが小学二年生に上がる前だ。ベッドに腰かけてはいても、身長がそのころより伸びているのがわかった。顔立ちだって大人っぽくなっている。

「うちのママが来てくれるように頼んだんだよね？　私、なんの気なしに『響希ちゃんに会いたいなぁ』なんて言っちゃったんだけど……迷惑じゃなかった？」

「まさか。ゆうなが会いたいって言ってくれて、うれしかった」

そう伝えると、ゆうなは安堵（あんど）したように肩の力を抜いた。

「薬をやめたら起き上がれる時間が多くなって、話をする気力もわいてきたんだ。でも、たまには家族以外の人とお喋（しゃべ）りしたいと思っても、小学校の友達はこっちに来られないでしょ？」

感染病の予防のためしかたないことではあるが、小児科病棟では小学生以下の子どもの面会は、たとえ患児の家族であっても認められていない。

「テレビ電話はできるけど、そもそも学校の友達とはちょっと話しづらいんだよね。気を遣わせちゃうし、こっちも気を遣うし、それに……」

ゆうなは目を伏せ、かぶっていた帽子に触れた。

「自分の姿を見られたくない？」

「やっぱり、響希ちゃんならわかってくれると思った」

ゆうなはちらりと笑った。

衰えた姿は恥ずかしいものじゃない。諦めず必死に戦った証なのだと、大人たちは励ましてくれた。

その言葉は響希に勇気を与えた。でも、どうしてもそう思えない時だってあった。

「響希ちゃん、覚えている？　入院して初めてお母さんのいない夜を過ごした時、私、泣いちゃったよね」

「うん、覚えているよ」

ゆうなが入院した初めの数日、真美子は付き添いとして病室に宿泊していた。しかし当然、ずっと泊まり続けることはできない。母親が帰宅したその日の夜、ゆうなはベッドの中で声を殺して泣いていた。

「私、すごく怖かったの。あの時は大部屋で、他の子たちもすぐ近くにいたけど、まるで真っ暗な海にひとりぼっちで浮かんでいるような気分だった。でも、響希ちゃんがベッドのそばに来て、私の手を握ってくれた。私が眠るまでそばにいてくれた。響希ちゃんの手の温かさが、とても心強かった……」

ゆうなははにかむように微笑んだ。

そうだ。あの時、ゆうなは響希の手を縋(すが)るように強く握り返した。

抗がん剤の服用を止めることが何を意味しているのか、ゆうな自身もちゃんと理解していると真美子は言っていた。

ゆうなの抱える恐怖や不安は計り知れない。けれど彼女は気丈に振る舞っている。押し潰されまいとしている。

ゆうなは響希に悲しんでもらいたいわけでも、憐(あわ)れんでほしいわけでもないのだ。あの時のように、ただ響希にそばにいてほしがっている。

シーツに投げ出された手は年不相応に骨ばっていて、年相応に小さい。その手を握ると、あの時のように強く握り返された。


帰宅し洗面所に向かおうとしたところ、リビングから母が出てきた。どこへ行っていたのか聞かれると思い構えたが、母はすでにその答えを知っていた。

「ゆうなちゃんのところへ行ってきたのね」

先ほど真美子から電話がきたのだと母は気まずげに語った。響希や母の心情を慮(おもんぱか)らずに申し訳なかったと謝られたらしい。

また来ます。帰り際、エレベーターの前まで見送りに来た真美子にそう伝えると、

「私の身勝手なお願いに付き合ってくれて、本当にありがとう。でも、決して無理はしないでね」

と言われた。その表情からは娘の望みはなんだって叶えてやりたいという気持ちと、響希へ負担をかけまいとする葛藤が見えた。

「……私が会いたいから、会いに行ったんだよ」

「お母さん、響希が波音くんに会いに行くのを止めなかったこと、後悔してる」

はっとして見返した母の顔には、苦いものが浮かんでいた。

骨肉腫を患っていた波音は、響希と同じ小児科病棟に入院していた。年少の子どもが多かった小児がん患児の中で響希と波音はただ二人の中学生、自然と距離は近くなり、次第に響希は夏の潮風のように清爽な少年に惹かれるようになった。

しかし寛解して退院を果たした響希とは違い、波音の病状が回復することはなかった。治らぬ病への絶望。病から抜け出し未来へ歩きだした響希への羨望と、自分は過去の中に捨て去られるのではないかという恐怖。わき出る負の感情から、波音は見舞いに来た響希に対してきつく当たり、その態度は響希を追い詰めた。

波音と顔を合わせた後の響希は擦り切れていた。その異変を感じ取った母は、まだ闘病中の娘の心身を案じていた。しかしそれでも波音に会いに行くことを強く止めはしなかったのは、響希の意思を尊重したからだろう。

その選択を母は後悔していると言った。後悔させたのは、他ならぬ響希自身だ。

「……お母さん、私はもう大丈夫だよ」

はっきりと伝えなきゃ。そう思ったのに、声は頼りなく震えてしまった。

波音に死の影が濃く迫りだしたころ、響希は彼に会いに行くのをやめた。見舞いを拒んだのは波音のほうからだったが、響希はひそかに安堵していた。──これで波音の苦しみや憎しみから逃げられると。

そうして逃げ続けているうち、波音は病気ではなく歩道橋からの転落事故によって命を失った。

波音の死後、彼を苦痛の中へ一人置き去りにした罪悪感から響希は自分の殻の中に閉じこもった。人との関わりを避け、ただ無為に毎日を過ごしてきた。親の目から見て安心できる状態ではなかっただろう。

──でも今は違う。今はもう、波音が自分に会いに来ようとしてくれていたことを知っている。その貴い気持ちが響希に前に進む力を与えた。前に進むのだと、自分自身が決めたはずだ。

「お母さんには大丈夫だとは思えない。波音くんが亡くなってからは、右耳の調子だっておかしくなった。ゆうなちゃんにはゆうなちゃんの家族がいる。ケアは、あちらに任せればいいじゃない」

繰り返される否定を前にして足元が無力感にぐらつく。母には響希が信じられないのだ。傷ついて潰れた娘の過去の姿が、どんな言葉にも勝ってしまう。

「……そんなの今さら無理だよ。ゆうなのあの姿を見て、放っておけるわけがない」

響希の答えに対する母の返答は、疲れ果てたようなため息だった。


響希は三、四日に一度ほどの頻度でゆうなを見舞うようになった。

くだらない世間話をしたり一緒に映画やドラマを観たりと、会ってするのは他愛もないことばかりだが、それでもゆうなは響希の来訪を喜んでくれた。

八月の下旬。見舞いに訪れた響希は、ベッドに臥せたままのゆうなとともに持参したアニメ映画を観た。

エンドロールが流れ始め、響希はふと横を見た。クライマックスまで集中して映画に見入っていたはずのゆうなはいつの間にか眠っていた。

「あら、寝ちゃったのね」

ベッドのそばに座っていた真美子は、ゆうなの寝顔をのぞき込むと、

「大人っぽくなったでしょう？」

とつぶやいた。見た目のことを言っているわけではないとすぐにわかった。

「……そうですね」

大人びているのはその態度だ。見舞いに訪れた響希に対し、ゆうなが悲嘆した様子を見せたことはない。響希を悲しませないために、あえて明るく振る舞っているのだろう。

「一人前に私や夫の体調を気遣ったり、無理して毎日病室に来なくてもいいから、なんて言ったりするのよ。病気がゆうなを大人にしたみたい」

真美子は悲しげに笑った。その成長は響希には喪失にも思える。母親ならなおさらそう感じるのだろう。

響希はゆうなの寝顔を見つめた。どれだけ気丈に振る舞おうとも、忍び寄る死の影に恐怖や不安を感じていないはずがない。病魔の無情を恨まないはずがない。

せめて眠っている間だけは、優しい夢を見ていてほしかった。

真美子に別れを告げ、響希は病院を後にした。

十七時を過ぎてまだ青い空を見上げる。胸の中に澱む暗いものを晴らしたくて息を深く吐いたが、効果はちっとも感じられなかった。

何気なく携帯電話をチェックすると、三十分ほど前にケイから電話がきていた。その直後にはメールも届いている。

慌てて開いたメールには予想通り『霊を見つけた』と書かれていた。こくりと唾を飲んだ響希は、ケイに折り返しの電話をかけた。

※※※

通話を終えると、シャツの胸ポケットからルリオが顔を出した。

「響希、こっちに来られるって？」

「あぁ、大丈夫だ」

いぶき駅から二駅離れたA駅近くの商店街。

ケイは時代遅れのガラケーをズボンのポケットに押し込み、向かいに建つ呉服店さくら屋の店内に視線を注いだ。床張りのフロアには色とりどりの浴衣を着たマネキンが並べられ、一段高くなった畳敷きのフロアには、いかにも高級そうな着物や反物が陳列されている。

半刻ほど前、当てもなくA駅付近を自転車で巡っていたところ、ルリオのもとに仲間からこの呉服店の中に霊がいるようだと連絡が入った。その場で響希に連絡を入れたのち、すぐにこの商店街を訪れたのだが、まだ霊の姿は見えていない。ルリオにはメロディがかすかに聞こえているそうなので、霊があそこにいるのは間違いないのだが。

「あ、やべ」

ルリオが慌ててポケットに身を隠した。何かと思えば、ジャケットを片手に持った男がふらふらとこちらに近づいてくる。どうやらケイの背後の自販機に用があるらしい。ケイは自転車を押して自販機の前からどいた。

迷わずミネラルウォーターのボタンを押した男は、出てきたペットボトルを性急な手つきで取り出すと、ごくごくと一気に飲み干した。

ぐしゃりとペットボトルを握り潰した男の視線が、ゴミ箱のそばに立つケイに移った。炎天下の中、汗一つかかずに涼しい顔をしている少年を不思議に思ったのかもしれない。しかし、その関心はすぐに失われた。男はペットボトルをゴミ箱に放り入れると、ケイに背を向け去っていった。

蟬の鳴き声があちらこちらから聞こえる。昔はこの声を聞くだけで、体にじっとりと汗が浮かんだ。

けれど今はもう、シャツが汗で体にへばりつく不快感も、一気にあおった水が喉を潤す爽快感も思い出せない。思い出せなくていいと思っていた。響希に会うまでは――。

死神の下請けになって以来ずっと、自分が本当にこの世界に存在しているのか実感を持てないまま過ごしてきた。当てもないまま霊を探して自転車で彷徨う日々。人との関わりは極端に薄く、会話らしい会話を交わすのは、青い小鳥とだけ。もしかしたら自分は、霊のように誰にも認知されない存在になったのではないかと感じることもあった。

響希に初めて手を握られた時、初めて自転車の荷台から背中をつかまれた時、久しぶりに触れた人の体の温かさは、ケイをざわざわと落ち着かない気分にさせた。

けれど今はむしろ、響希の温もりに触れると反対のものを感じる。すっと心が凪いでいき、この世界に足をつけて立っている感覚がわく。

「ケイ！」

ルリオが声を上げたのと、視線が呉服店に引きつけられたのは同時だった。

フロアに並んだマネキンの前を霊がのそのそと歩いていた。白っぽくぼやけた頭はマネキンの肩に届くぐらい、小柄な人物のようだ。

「女……か？」

ルリオのつぶやきにケイは「たぶん」と答えた。霊の姿はモザイク越しのように不明瞭ではあるものの、重心の低い体型をしていることは見て取れた。おそらくは中年以上の女ではないか。

「どうする？」

「……とりあえず話しかけてみよう」

響希はおらず霊の声は聞こえないが、この機会に何もしないでいるのはもったいない。

自転車を押し、さくら屋に近づいたケイは軽く窓ガラスを叩いてみた。しかし、霊はこちらに気を向けることなくかんざしが並んだ棚の前に移動した。

「店に入る」

自転車を止めつつそう告げると、ルリオは「了解」とポケットの中に身を隠した。幸い、ただ一人の店員は接客中で、畳の上で老婦人に反物を広げて見せている。こちらに注意が向くことはないだろう。

店に足を踏み入れると、肌にまとわりつく空気の温度がわずかに下がった気がした。実際は外よりだいぶ涼しいのだろうが、死神に作り変えられたケイの体は気温の変化に鈍く、暑さも寒さも感じにくい。

「いらっしゃいませ」

接客中の店員が声をかけてきた。会釈を返したケイは、商品を眺めるふりをしながら棚の前に立つ霊に近づいた。

「すみません」

背後から小声で話しかけると、霊がこちらを振り返った。

——通じた。かと思いきや、霊はケイの横を通り過ぎて再びマネキンに近寄る。もう一度声をかけようとすると、ぼやけた人影は途端に跡形もなく消え去った。

落胆(らくたん)のため息がもれた。と、店の奥から出てきた新たな店員がケイに気づいた。

ケイはキャップのつばをさっと下げると、歩み寄ってきた店員から逃げるように店を出た。

響希が商店街のアーケードをくぐってやってきたのは、それから三十分ほどが経った後だった。小走りでこちらに向かってきた響希は、ケイの前で立ち止まるとはぁと息をついた。

「ごめん。病院にいたから連絡に気づかなくて……」

どきりと胸が鳴ったのは、彼女が過去に大病を患ったことを知っているからだ。

「具合が悪いのか？」

顔をのぞき込むと、響希は慌てたように「違うよ」と手を振った。

「私じゃない。知り合いのお見舞いに行ってきたの」

「……そうか」

ふっと肩から力を抜いたケイは、しかしなおも響希の顔を見つめ続けた。いつもと様子が違う気がする。体調が悪いというわけではなさそうだが、なんとなく表情が硬いような、無理をして平静に振る舞っているような……。もしかして、知り合いの具合があまり良くないのだろうか。

「えっと、何？」

怪訝そうに見返され、ケイは口ごもった。

「……平気か？」

迷った末にそう尋ねると、響希は表情を強張らせた。しかしそれは一瞬のことで、すぐに笑顔を浮かべて「うん、平気。ちょっと暑いだけ」と答えた。

そう返されると、もう続ける言葉が見つからない。ケイは「ならいい」とキャップのつばを下げた。

「霊が見つかったんだよね。どこにいるの？」

響希に聞かれ、ケイはさくら屋を示した。

「あの呉服店の中にいる。おそらくは小柄な女性だ」

「姿が見えたの？」

「折り返しの電話があった後に。声をかけたが反応は得られなかった」

「今もメロディは聞こえるんだぜ」

と、ポケットからわずかに顔を見せたルリオが言った。

「ずっと店内をうろうろしてる。落ち着きがない感じのメロディだ」

ルリオには魂が奏でるメロディが聞こえ、ある程度ではあるが、そこから霊の行動や感情を読み取ることができる。仕事を始めた当初はその特性をよく理解できなかったが、今ではそういうものだと受け入れている。

「あの呉服屋さんの関係者なのかな……」

響希のつぶやきにケイはうなずいた。店主、従業員、客、どの立場かはわからない。だがこの呉服店に留まっているのだから、この場所に、あるいはここに関わる物か人かに、何らかの思いを残した人物なのだろう。

「とりあえず店のことを調べてみるね」

響希は携帯電話を取り出すと、ネットで呉服店さくら屋と検索した。しかし店のホームページをのぞいてみても目ぼしい情報は見つからない。続いて地元新聞社のデータベースで店名を検索にかけてみたが、記事は一つもヒットしなかった。

「うーん……」

唸(うな)った響希は商店街の名前や地名など、思いつく単語を組み合わせて検索をかけていくが、情報の海の中、呉服店と霊を結ぶ線は何も浮かばなかった。

また長丁場になりそうだ。ケイはため息をついて呉服店を眺めた。


通りにずっと立っているわけにもいかず、ケイたちは呉服店が見える向かいのコーヒーショップに入った。霊のメロディは消えたり鳴ったりを繰り返したが、ケイが姿を捉(とら)えられるまで強まることはないまま、時は過ぎていった。

そして二十時過ぎ。呉服店がシャッターを閉めたのを見て、響希は「どうしようか？」

と向かいに座るケイをうかがった。

「今日はもう諦めよう。たとえ霊のメロディが大きくなっても、シャッター越しでうまくやり取りができると思えない」

それにいつまでも響希をこの場に引き留めるわけにもいかない。自分とは違い、体力も時間も有限なのだから。

商店街を後にして駅に向かう。住宅が並ぶ通りを歩いていると突然、怒鳴り声が響いた。

「ふざけんな！　死ねよ、クズ！」

はっとして声が聞こえたほうを仰ぎ見ると、アパートの二階の角部屋から男が出てきた。バンと扉を乱暴に閉めた男は階段を踏みつけるようにして下りてくる。

路地から出てきた男は、ケイたちを一瞥するちと舌打ちをして横を通り過ぎていった。すれ違いざま、酒の臭いが強く漂ってきた。

「なんだよ、あいつ。感じ悪いな」

男が角を曲がって姿を消すと、ルリオがポケットから顔を出した。

「気にするな。ただの酔っぱらいだ」

なんとなく男が出てきたアパートに目を向けると、格子のついた小窓を横切る影が見えた。

暴言を吐かれたのはあの人だろうか。見知らぬ他人のことながら、良い気分はしなかった。

「気をつけて帰れよな」

「うん、バイバイ」

駅前の広場。指先でルリオの頬をかいた響希は、ケイに「またね」と言った。

「……じゃあな」

我ながら別れの挨拶がひどくぎこちない。駅へ入った響希の背中が完全に見えなくなったところで、ルリオがケイを見上げた。

「さて、今日はどうする？」

ケイは駅前をぐるりと見回した末、「あそこにしよう」と二十四時間営業のカラオケ店を指さした。個室ならルリオも自由に飛び回れるし、周りを気にせず好き放題に喋ることも歌うこともできる。

「やったー！　久しぶりのカラオケだ。ケイ、デュエットしようぜ」

「しない」

「ちぇっ、相変わらずノリが悪いなぁ。一緒にハモろうぜー」

ポケットの中でバタバタと羽を動かす小鳥を無視して、ケイはカラオケ店が入るビルへ向かった。自転車を止めたその時、「ちょっと待て」とルリオが首を伸ばした。

「どうした？」

「ジョイの歌声が聞こえる」

ジョイ、とケイは口の中でつぶやいた。それはケイをスカウトした死神が連れている小鳥の名だ。艶のある黄色のカナリヤは、ケイの母親を美しいさえずりで空へ送ってくれた。

「あっちだ」

ルリオが嘴で示した方向にはビルが建っていた。その陰から、光を宿した風船が姿を現す。

ゆっくりと、しかし迷うことなく真っすぐに、風船は闇夜を昇っていった。ケイは目を眇めてその光の軌跡を追う。どんなふうに生きた人だったのだろうか。

そんな疑問を感じることを不思議に思った。数カ月前の自分は、霊の来し方も抱える未練のことも考えず、ただ重石を取るだけだったのに。

霊は何かを求めている。なのに、声が聞こえない自分にはその何かがわからない。ぼやけた人影を見るたび、無力感に打ちのめされた。そしてついにはどうせ自分には何もできないと諦め、霊について考えることを避けていた。

霊になることはこの上ない不運だと思っていた。けれど自分と響希の力を合わせれば、その不運を生前の心残りを晴らす機会に反転させることもできる。霊も自分も、ただ漂うだけの無力な存在ではなくなる。

ふっと風船が夜空に消えた。その時、背後から声がした。

「やぁ、いい夜だね」

振り返った先には燕尾服姿の男が立っていた。金と銀。軽く笑んだ死神の目の色は左右で違っている。

「……何の用だ?」

「悲しいなぁ。そんなに警戒しないでよ」

死神は大仰に肩をすくめてみせた。芝居がかった仕草も衣装も、周囲の人間の目を引くことはない。誰もがこの異様に気づかないまま通り過ぎていく。

「タイミング良く近くにいたから、ちょっと挨拶に来ただけさ。ルリオもこんばんは」

「おいっす。――よお、ジョイ。いい歌だったぜ」

ルリオが言うと、死神がかぶる帽子の中からピルル、と愛らしい鳴き声が聞こえた。

「最近、耳の利く子を仕事に引っ張りこんだだろ? おかげでノルマ達成への道筋が見えたじゃないか。うまくやったね」

死神が意味ありげな視線をケイに向けた。「お前さぁ」とルリオが不満げな声を上げる。

「もう少し言い方ってものを考えろよ。べつにケイは響希を騙したり脅迫したりして仕事を手伝わせてるんじゃないんだぞ。あいつは自分の意志で協力してくれているんだ」

「そう。なんの見返りもないっていうのに、健気なことだよねぇ」

返す言葉に詰まったのは、痛いところを突かれたと思ったからだ。

響希が手伝ってくれるおかげでノルマ達成への希望が見えた。けれどケイは彼女に対して何も返せない。何かを憂いている響希の悩みを聞き出すこともできず、励ますこともできない自分が、彼女の時間や労力を奪い続けている。

「あぁ、ごめん。べつに嫌味で言ったつもりじゃないんだ」

両手を合わせた死神は、胡散臭い笑みを浮かべた。

「無関係な女の子を巻き込むのも結構。霊を宥めすかせて重石を出させるのも結構。どんなふうに仕事をするかは君の自由だ。ただ、忠告をしておいたほうがいいと思ってね」

死神の右目……金の虹彩が妙な具合にきらめいた。この目が苦手だ。何もかもを見透かしているような……いや、見透かしているだろうこの目が――。

「ものわかりのいい霊ばかりではないし、彼らの抱える未練が清いばかりの願いであるとも限らない。君や彼女の手に余ることは、いつか起こりうるよ」

予言めいた言葉にケイは身構えた。

「……どういう意味だ？」

「変えられる運命もあれば、変えられない運命もあるってこと」

死神はそう言うと、一瞬のうちにその姿を消した。

「なんだよ、思わせぶりなやつだなー」

ルリオが不満げにつぶやいた。その頭を撫で、ケイは空を見上げた。

夏の星々の輝きは、ケイの心に残った暗がりを照らしてはくれなかった。

※※※

翌朝、再びA駅に降り立った響希は商店街に向かった。呉服店が営業を始める九時に合わせてケイと待ち合わせをしている。

昨夜、酔っぱらいの男が出てきたアパートの前に差しかかったその時、路地から女が出てきた。ぶつかりそうになり、互いに慌てて足を止める。

「わっ、すみません」

響希が頭を下げると、女は無言で会釈を返して去っていった。

響希は再び歩き始めた。五分ほどすると、自転車を押し商店街のアーケードから出てくるケイの姿が見えた。

「あれ、どうしたの？」

こちらに近づいてきたケイに声をかけると、

「メロディが動いてるんだ。霊が移動している。急に店から出てきたんだよ」

と、ポケットから顔を出したルリオが言った。えっ、と思わず背後を振り返るが、当然、霊の姿は見えない。

　ルリオの指示を頼りに、響希たちは通りをゆっくりと進む霊の後をついていった。今のところ、響希が来た道をそのまま引き返している形である。

「よく歩くなぁ。珍しい」

　ルリオが言った。存在が安定する前の霊は、ひとところに留まっていることが多いらしい。その場をうろちょろすることはあっても、そこから移動をする者はあまりいないそうだ。

「もしメロディが聞こえなくなったら、面倒なことになるな……」

　ケイが表情を険しくした。ここでルリオにメロディが聞こえなくなったら、響希たちには霊の居場所がわからなくなってしまう。

「あ、ちょっと止まって。メロディが急に小さくなった」

　ケイが立ち止まる。焦った様子でポケットからはい出たルリオは、ケイの肩に辿り着くと首を傾けじっと耳をすませた。

「……駄目だ、消えた。もう完全に聞こえない」

「最後に霊がいた場所はどこだ？」

　ケイに聞かれ、ルリオは先ほど女が出てきた路地を足で示した。

「あの路地の辺り。あそこらへんでメロディがぷつんと途絶えたんだ」

響希たちは路地をのぞいた。路地の一方は住宅の塀に面していて、もう一方は手前にアパート、奥に二階建ての一軒家が建っている。路地の先はまた別の通りにつながっていた。霊は路地を抜けて向こうの通りに行ったのだろうか。路地に入った響希は周囲を見回した。

「またすぐにメロディが聞こえるといいんだけど……」

つぶやいたその時、先を歩いていたケイが「あっ」と珍しく大きな声を上げた。

「どうしたの？」

一軒家の前に立ったケイは、塀に取り付けられた郵便受けに目を向けている。近づいてみて、なぜ彼が驚いたかわかった。

郵便受けからはがきが一枚飛び出していた。送り主の名前が見て取れる。呉服店さくら屋だ。

「もしかして……」

塀には磐田（いわた）と表札が掲げられていた。きょろきょろと周囲を見回し人の目がないことを確認したケイは、すっとはがきを抜き取った。

宛先の名は磐田みつ子（こ）。裏面を見ると、

『平素は格別のお引き立てを賜り（たまわ）、ありがとうございます。ご注文品の引き取り期限が過ぎております。お早めにご来店いただけますよう、お願い申し上げます』

と書かれていた。

響希は二階建ての家を眺めた。築三、四十年といったところだろう。どの窓もカーテンはぴたりと閉ざされ、玄関周りには雑草が生い茂っている。人は住んでいなさそうな雰囲気だ。

「霊が住んでいた家なのかな?」

響希のつぶやきにケイはうなずいた。

「可能性は高いだろう。霊としては、ただ家に帰ってきただけのつもりだったのかもしれないな」

「おい、門のところを見てみろよ」

ルリオが言った。閉め切られた門を見ると、看板がぶら下がっていた。

『コーポまんげつ入居者募集中　興味のある方は電話番号×××-×××-××××まで
大家・磐田』

看板にはそう書かれていたが、電話番号と磐田の名前には二重線が引かれ、その下に新たな電話番号と不動産会社の社名が書き加えられていた。

「コーポまんげつって……」

響希は隣のアパートに目を移した。壁にはコーポまんげつと書かれた銘板（めいばん）が取りつけられている。

霊の正体がだいぶ見えてきた。

名前は磐田みつ子。隣に建つアパートは彼女の物件だ。呉服店に何かを注文していたが、それを取りに行かないまま亡くなってしまった。アパートの管理は磐田の手を離れ、不動産会社に任されている。

後はタイミングさえうまく合えば、名前を呼んで霊の状態を安定させることができる。

「お……またメロディが聞こえだしたぞ。今度は大きい」

言ったルリオは磐田の家に耳を向けた。

「……うん、やっぱり家の中にいるみたいだな」

「出てきた」

ケイが響希の腕をつかんだ。その瞬間、玄関の前に立つかすんだ人影が視界に現れる。ぼやけたシルエットしかわからないが、確かに小柄だ。同年代女性の平均身長に及ばない響希よりもさらに小さいだろう。

「磐田みつ子さん」

ポーチを下りた霊に向かってケイが名を呼んだ。すると、霊はぴたりと動きを止めた。体を覆(おお)っていた白い粒子が、ざわざわと蠢(うごめ)きながら薄れ、次第にその姿が明らかになっていく。

六十歳は越えているだろう。入院患者が着るような、前開きのパジャマを着ている。体型はふっくら……というよりもどっしりとしていて、短い髪にかかったパーマはだいぶ伸びていた。

「振袖……」

茫洋とした表情でつぶやいた磐田は、ふらふらと門に向かって歩きだした。

「振袖を引き取りに行かないと……」

「あの、磐田さん」

磐田はまだ正気に戻り切っていないようだ。響希の呼びかけを無視して自分の手を見下ろすと、

「引き取り票がない」

ぼんやりとそう言って玄関へ引き返そうとした。

「待ってください！」

ケイが門を揺らした。すると磐田は動きを止めて「あれ、おかしいね」とつぶやいた。

やっと目の焦点が定まり始める。

「……あたしは病院にいたはずだよ。心臓の手術が終わって……でもまた発作が起きる危険があるから安静にしていなさいってお医者様に言われて、その通りベッドで大人しくしていた……」

ぶつぶつと独り言のようにつぶやいた磐田は、はっと目を開くと自分の胸を押さえた。

「けれど結局、発作はまた起きたんだ……」

「磐田さん、あなたは……」

ケイが口ごもると、磐田は軽く手を上げた。

「わかってる……。もう、わかったよ……」

うんうんと小さくうなずくその姿は、自分を無理に納得させているように見えた。

門には鍵がかかっていなかったため敷地内に入ることができた。磐田とともに庭に回り込んだ響希たちは、犬走りの上に座りこんだ。庭木が青々と茂っているおかげで周りからこちらの姿は見えにくいだろう。

磐田が命を失ったのは、今年の一月の終わりのことだったそうだ。昨年の年末に心筋梗塞による発作を起こしてそのまま入院。手術を行ったもののその後の経過は思わしくなく、命を落とす結果になってしまった。

ケイは磐田に彼女の今の状態と、自分の役割について語った。

「なるほどねぇ……」

ため息まじりにつぶやいた磐田は、「抱えている未練を解消しなければ、あたしはずっとこのままってわけ」と、自分の体を見回した。

「……いえ」

首を横に振ったケイの声は重々しい。

「未練を解消しないままでいると、いつか劣化が始まります。劣化が進んでしまえば霊は苦しみと混乱を深め、自我さえ失ってしまう。そうなったら、俺にも重石を回収することはできなくなる。あなたは苦悩の塊となって漂い続けることになるんです」

響希は、劣化が進んだ霊の姿を目の当たりにした時のことを思い返した。

人の形をなくし、絶えず変容し続ける黒い塊。苦痛の呻きをもらすその存在は、幸福から最も遠いところにいるように思えた。

しかし、それでもあの霊は間に合い、ケイの手によって重石を除かれた。それはつまり、あの先にまだ混沌があるということだ。そう思えば霊を霊のまま放置しておく気にはなれない。

「……よくわかんないけど、なんだか怖そうだねぇ」

磐田は自分の体を抱きしめるようにした。しかしすぐに気を取り直して、

「まぁ、あたしだってこんなわけのわからない状態で居続けたくはないよ。さっさとことを済ませちゃおう」

と、あっけらかんと言った。

根がくよくよしないタイプなのか、それともあえて明るく振る舞うことで自分を奮い立たせているのか。どちらにしても心の強い人だと思う。

「先ほど振袖、ってつぶやいていましたよね。さくら屋に振袖を取りに行こうとしていたんですか？」

そうみたいだねぇ、と磐田はうなずいた。

「確かに発作が起きた時、あぁ、まだ振袖を引き取りに行っていないのに、って思ったのよ。お見舞いに来ていた息子か嫁を引き取りに行かせていればよかったんだけど、遠方から来て、忙しい様子をしているあの子らに頼むのはちょっと気が引けてねぇ」

「お孫さんへの贈り物ですか？」

「ううん。違うよ。うちに女孫はいないもの。ばあちゃんにはちっとも懐かない小学生の男らだけ。……あれ、上のほうは中学生になったんだっけ？」

「じゃあ誰が着るの？　もしかして、自分？」

あはは、と磐田はルリオの言葉を豪快に笑い飛ばした。

「まさか。あたしなわけないでしょ」

「いやいや、まだまだイケるってぇ」

軽い調子のルリオに、磐田は「口のうまい小鳥ちゃんだねぇ」と満更でもなさそうだ。

「アパートの店子に内田理子ちゃんっていう女の子がいるんだよ。十九の時にうちに入居して、今年で三年目。その子は去年、自分の成人式に参加しなかったの」

言いながら磐田は向かいに建つコーポまんげつに目を向けた。

理子の地元は他県だそうだが、帰省さえしなかったらしい。成人の日に仕事へ出かける理子を見かけ、成人式には行かなくていいのかと聞いたら「興味がないんです。どうせ振袖なんて似合わないし」と答えたそうだ。

「まぁ、いろいろ事情はあったんでしょうよ。でも、一番はお金の問題が大きかったんだと思うの。ほら、今時、女の子はほとんどが振袖を着るじゃない？」

響希はテレビで見る成人式の様子を思い浮かべながら「そうですね」とうなずいた。

「洋装の人もいますけど、振袖姿の人のほうが圧倒的に多いですよね」

「詳しくは聞いていないんだけど、理子ちゃん、親とはうまくいっていないみたいなんだよ。正月や盆も帰らずこっちにいるんだもの。親が着物を用意してくれるっていう状況ではなかったんだと思う。あの子自身は倉庫で働いているけど、正社員じゃないから収入には余裕がない。そんな状態じゃあ、自分で着物をレンタルする代金を用意するのも難しかったんじゃないかね」

同じ年齢の子たちが華やかに着飾っているのに、理子は作業着姿で働いている。それが磐田にはかわいそうに思えたそうだ。

「それでずっと気にかかっていたんだけど、去年の十一月、さくら屋のディスプレイに素敵な反物が展示されているのを見つけたのよ。理子ちゃんにぴったりな柄だと思って、ついつい振袖の仕立てを注文しちゃったわけ。それを着てどこかの写真館で一枚でも写真を取れば、いい思い出になるんじゃないかと思ってね」

「ひゃー、太っ腹だな」

ルリオの言葉に、響希は「本当に」と同意した。店子のために大家が自費で振袖を仕立てるなんて、なかなか聞かない話だ。

「まぁ、たまには他人のために金を使うのも悪くはないと思ってね」

磐田は軽く胸を張った。

「驚かせたいと思ったし、遠慮されるかもしれないと思ったから、理子ちゃんには内緒にしといたの。十二月の下旬に完成したっていう連絡を店からもらって、取りに行こうかと考えていたところでここに発作が起こってねぇ……」

ため息をついて胸をポンと叩いた磐田は、響希とケイの顔を交互に見た。

「というわけであんたたち、悪いんだけどあたしの代わりにさくら屋で振袖を引き取ってきてくれない？　もう料金は支払ってあるから。それでその振袖を理子ちゃんに渡してほしいのよ」

「もちろん、それは構いませんが……」

ケイがわずかに身を乗り出した。

「まず、俺たちがどうやって振袖を引き取るかを考えないといけません。身内のふりをすればいいのかもしれませんが、身元を確認されたらすぐに他人だとばれて怪しまれます」

「あぁ、それなら引き取り票があれば平気だと思うよ。茶の間の棚の引き出しに入っているから。家の鍵ならそこにある」

　言って磐田が指を差したのは、犬走りに置かれた植木鉢だった。赤茶の鉢と紺色の鉢が並んでいる。両方とも土は入っているが、植物は植えられていない。

「赤茶のほうを持ち上げてごらん」

　立ち上がったケイが赤茶の鉢を抱えると、下から鍵が出てきた。

「なくした時のための予備だよ。これで家に入れるでしょ」

　響希たちはこそこそと玄関に回り、扉の鍵を開けて中に入った。家主がそばにいて許可しているとはいえ、なんだか悪いことをしている気分だ。

「まったくもう、少しは片づけてくれればいいものを……」

　茶の間に入った磐田は肩を落とした。

　どうやら家はほとんど磐田の生前のまま放置されているようだ。確かにテーブルの上に置かれたままの新聞を見れば、人の手は入っていないように思える。夫はすでに故人、一人息子とその家族は遠方に住んでいるとのことなので、片づけに来るのが難しいのかもしれない。しかし、それにしたって……。

　ふと思った。大家が店子のために振袖を仕立てる。過剰にも思えるその親切心は、そばに家族のいない孤独感からきたものなのかもしれない。

「そこの棚の一番下の引き出しに引き取り票が入っているから」

指し示された引き出しを開けると、はがきぐらいのサイズの用紙が出てきた。磐田の名前や注文内容が記されている。

これですね、と響希は引き取り票を手に取った。これがあればさくら屋から怪しまれることはないだろう。


目論見通り、さくら屋の店員は、引き取り票を持って店に現れた響希たちを磐田の孫だと思い込んだ。

「遅くなってすみません。祖母が入院したため、なかなか取りに来られなくて……」

そう頭を下げると、店員は丁寧にお見舞いの言葉を述べたのち、店の奥から大きな箱を持ってきた。

「こちらがご注文のお品です。反物から着物を仕立ててくださるなんて、優しいおばあ様ですね。羽織られてみますか？」

店員が箱を開けようとしたので、響希は「結構です」とそれを押し留めた。ボロを出す前に退散したかった。箱を受け取ったケイとともに、そそくさとさくら屋から脱出する。

「うまくいったね」

通りに出ると磐田のうれしげな声が響いた。ケイの腕に軽く触れると、自分の隣を歩く磐田の姿が見えた。

「問題はこの振袖をどうやって渡すかだ」

ケイの言葉に響希はうなずいた。

磐田からだと言って差し出したところで、どこの誰かもわからない響希たちから理子が高価な振袖を受け取るとは思えなかった。振袖が磐田からの贈り物だという話さえ信じてもらえない可能性は高い。

「やっぱり、さっきみたく孫のふりをしてみるのがいいんじゃないかな。生前、おばあちゃんからあなたにこの振袖を渡すよう頼まれていたって言えば、なんとかなるんじゃない？」

「理子さんにお孫さんの話をしたことはありますか？」

ケイに聞かれ、磐田は首をかしげた。

「孫がいるとは言ったと思うけど、たぶん年齢や性別までは話してなかったと思う」

「なら、響希の言う通り孫のふりをするのが最善か」

「でもさ、おばちゃんは理子チャンに振袖を渡せればそれでいいわけ？　理子チャンが振袖を着た姿を見たいんじゃないの？」

ケイのポケットから顔を出したルリオの言葉に、磐田は「そりゃあねぇ」と答えた。

「仕立てを注文した時には、しっかり着付けられた姿を見たいと思っていたよ。なんだったら、一緒に写真に写っちゃったりなんてね。……でも、今のあたしはこんなだもの。写真なんて撮ったら、心霊写真になっちゃうよ」

　自分の言葉にあははと笑った磐田は、しかしふと肩を落として、

「高望みはしないよ。振袖を受け取った理子ちゃんの喜んでいる顔が見られたら、それで十分だよ」

　霊は不自由だ。ドラマや漫画に描かれるそれとはまったく違い、他者を呪い殺すような力はなく、物を浮かせることも、人にとり憑くこともできない。

　だから自分の未練に折り合いをつけ、納得できる道を探すしかない。そこに生きている者との差はないのだろう。誰だって受け入れるしかないものは、無理にでも受け入れるしかない。

　誰だって……。

　ふと視線を感じた。横を向くと、ケイがさっと顔を背ける。「何？」と尋ねようとしたところで、

「それじゃあ、さっそく理子ちゃんに振袖を渡しに行きましょ」

　と磐田が声を弾ませた。

「理子さんは働いているんですよね？　今の時間だと不在なのでは？」

「あの子、基本は夜勤だから。今の時間なら部屋にいると思う」

「そうなんですか。理子さんのお部屋はどちらですか？」

「二〇三号室だよ」

「二〇三号室って……」

昨晩のことを思い返し、響希はケイと目を合わせた。酒臭い男が出てきたのは、確かその部屋からだった。

「昨日、その部屋から男の人が出てきたんですけど……」

響希が昨夜のことを説明すると、磐田は苦い顔をした。

「そいつは根岸だね。理子ちゃんの彼氏だけど、まぁ、たちの悪い男だよ。ろくすっぽ働きもしないで、酒ばかり飲んでる。挙句、理子ちゃんに手まで上げるんだからさ」

「え、それは……」

ならば昨夜、怒号を投げつけられたその人が理子だったのか。

ポケットから顔を出していたルリオが、ぶわっと頭の毛を逆立てた。

「なんだよ、そいつ！　よりにもよって惚れた女に手を上げるなんて最低じゃん！」

でしょう、と磐田はため息をついた。

「二年ぐらい前かな。理子ちゃんの部屋に急にあの男が住みだしたんだよ。うちのアパートの規約では勝手に同居人を増やすことは認めてない。ちゃんとした男だったら見逃してあげてもよかったんだけど……」

二〇三号室からは男の怒鳴り声や物を投げつけるような音が響くようになり、時折、部屋から出てきた理子が腕や足をかばうようにして歩いている姿を見かけるようにもなった。

「根岸を出ていかせるように言っても、理子ちゃんは『同居を許してください』って頭を下げるのよ。それはできない、あの男とは別れなさいって言うと、今度はあの子自身も男と一緒にアパートを出ていくって言い出す。だから、しかたなく目をつぶっていたんだよ。あんな男とどこかへ行かれるよりは、あたしの目の届くところにいたほうがまだマシだと思ってねぇ……」

「なんでそんな男と一緒にいたがるのかなぁ」

心底不思議そうに首をひねったルリオの疑問は、そのまま響希の疑問でもあった。

「……本当にねぇ」

と、磐田は息を吐いた。


コーポまんげつに着いた。二〇三号室に向かおうと階段に足をかけたところ、背後の磐田が突然、「理子ちゃん！」と声を上げた。

振り返った響希は、アパートの敷地内に入ってきた女の姿を見て「あっ」と声をもらした。

今朝、商店街に行く途中でぶつかりそうになった女だ。買い物から帰ってきたところらしく、手にスーパーの袋をさげている。

「あの子が理子ちゃんだよ。あんたたち、うまくやってちょうだいね」

磐田が言った。ケイは理子に近づき、

「内田理子さんですか？」

「あ、はい。そうですけど……」

「突然すみません。俺たち、大家の磐田の孫です」

「孫……」

驚きとまどい、両方の色を浮かべて理子は響希たちを見比べた。だがケイの言葉を疑いはしなかったようだ。「磐田さんの孫が私に何か？」と聞いてくる。

「祖母が今年の一月に亡くなったことはご存じでしょうか？」

「ええ、まぁ……」

理子はうつむいた。

「書面が届きましたから。磐田さんが亡くなったから、今後の物件の管理は不動産会社が引き継ぐことになったって……」

「俺たち、生前の祖母に振袖を理子さんに渡すよう頼まれていたんです」

「は？　振袖？」

怪訝な顔をした理子に、ケイは「これです」と箱を掲げてみせた。

「祖母は呉服店に理子さんへの振袖を注文していたんです。けれど受け取りに行く前に入院してしまって……」

自分の代わりに振袖を引き取り理子に渡してほしい。死の間際の祖母からそう頼まれたのだとケイは説明した。

「本当はもっと早くに来るべきだったのですが……えぇと、なんと言うか……」

言葉に詰まったケイに代わって、響希が話を引き継ぐ。

「私たちが遠方に住んでいることもあって、今日まで渡しに来られませんでした。急なことで驚かれたと思いますが、これを受け取ってくださいませんか？」

ケイが理子の前に箱を差し出すと、「遠慮しないでいいからね。素敵な柄だよ」と磐田が笑った。

「……いらない」

身を引いた理子は箱をにらみつけた。まるでその中に入っている物が、憎々しくてたまらないとでもいうように。

「いらないって、そんな……」

磐田が表情を曇（くも）らせた。

大家とはいえ、他人である磐田から振袖を贈られる。理子が困惑したり遠慮したりする可能性は考えていたし、不審がられることもあり得ると思っていた。

「そんなもの渡されても、こっちは迷惑です。持ち帰ってください」

実のところ、受け取りを拒まれるかもしれないとも思っていた。だがこんなふうに嫌悪を露（あらわ）にされるとは考えていなかった。

理子は響希たちの横を通り過ぎ階段を上がろうとした。その背中に響希は慌てて声をかける。

「祖母は理子さんが成人式に出られなかったことを気に病んでいたんです。だからせめてこの振袖を着てほしいと思って……」

「だからその優しさに感謝して喜べって言うの？」

振り返った理子はフン、と鼻を鳴らした。

「さすがにあの人の孫だね。そういう押しつけがましいところ、本当にそっくり。私は成人式に出たかったとも振袖が着たかったとも言ってないし、これっぽっちも思ってない。なのに、なんで赤の他人の磐田さんがそれを気にするわけ？」

「理子ちゃん、あたしは良かれと思って……」

磐田が口ごもった。理子は苛立（いらだ）たしげに髪をかき上げる。

「おかずを持ってこられるのもうざかった。心配してるんだよって口ぶりで説教されるのも嫌だった。私はそういうことされるのが迷惑だって、言葉でも態度でも何度も示した。なのに、あの人は何度も何度も……」

ぎゅっと唇を嚙みしめた理子の瞳には、かすかに涙が浮かんでいた。

「……あの人は私に優しくしてるつもりで、自分がいい気分になっていただけ。ただの偽善者だよ。お節介の厄介者。――私、振袖なんてほしくない。そんな自己満足の塊を無理に押しつけないで」

階段を駆け上がった理子は、バタンと扉を閉めた。

振袖を贈ろうとするぐらいなのだから、磐田と理子の関係は良好なのだと思い込んでいた。しかしあの様子からすると、理子のほうは磐田に対して良い感情を抱いていなかったようだ。

それでももし振袖を渡そうとしたのが磐田本人だったら、理子の態度はもう少し違っていたと思う。二人の微妙な関係性を知らない響希たちが無遠慮に踏み込んできたため、理子は余計に苛立ったのではないだろうか。

茶の間に入ると、ケイは振袖の入った箱を畳に置いた。磐田は棚の前に立ち、木製の写真立てを見つめる。そこにはラベンダー畑を背景に並び立つ磐田と老年の男の姿が写っていた。

「お前は押しつけがましいんだって、死んだ旦那にもよく言われたよ。なんでもかんでも余計に手を出す口を出すでやかましい、ってね。息子家族もあたしのそういうところが嫌で、この家には寄りつかなかったんだろうね」

棚から離れた磐田は窓辺に向かった。閉じられたカーテンに手を伸ばすが開けることはできない。代わりにケイがカーテンを開くと、コーポまんげつの背面が見えた。磐田は二〇三号室のベランダに視線を向ける。

「理子ちゃんがあたしをうっとうしがっていることには気づいていたよ。でもインスタント食品を買い込んでいる姿を見たら、料理を詰めて部屋に持っていかずにはいられなかった。ベランダで泣いている姿を見たら、声をかけずにはいられなかった。店子さんはあの子だけじゃない。でもあの子だけがいつだってつらそうでさみしそうで、放っておけなかった。できるだけのことをしてやりたいと思ったんだよ……」

磐田は肩を落とし、畳の上に置かれた箱に——蓋を開けることさえなく拒まれた思いに——目を向けた。

「でもそんなふうに思う権利なんて、あたしにはないんだ。あたしはあの子の母親でも祖母でもない。大家と店子、たったそれだけの関係なんだから……。なのに、こんな振袖なんて買っちゃってね……」

磐田は箱の前に腰を下ろすと、「中を見せてちょうだい」とケイに頼んだ。

ケイは蓋を開けてたとう紙の紐をほどいた。——と、鮮やかな青が箱から溢れるようだった。

「綺麗ですね」

発色の良い青地に、白や薄紅色の花が繊細に描かれている。桃の花だろうか。

「広げてみるともっと素敵だよ。出してもらえる？」

振袖を取り出し畳の上に広げてみると、確かにより華やかさが際立った。裾の花柄に重ねるようにして、別の柄が複数描かれている。

なんだろう、これは。巻物と小槌は理解できたが、その他の柄が何を描いているのかわからなかった。

「……理子ちゃん、化粧っけがなかったでしょ？」

「え？　ええ、そうだったかもしれませんね」

響希は理子の顔を思い返した。たぶん、化粧はしていなかった。

「若いんだからもっとめかし込んだら？　ってあたしが言っても、『私になんか似合わない』『やっても無駄だ』なんて言うんだ。服だって地味なものばかり着る。なんだかそれがあたしには、あの子が自分を卑下しているからに思えたんだよ。ろくでもない男にくっついているのも、そういう自信のなさみたいなものが影響しているんじゃないかって
……」

言いながら振袖に手を重ねた磐田は、裾をそっと撫でるようにした。

「反物を見た時、きちんと化粧をして髪を結って、振袖を着ている理子ちゃんの姿がぱっ

と浮かんだんだ。素敵だろうな、似合うだろうなって思った。理子ちゃん自身だって、めかし込んで綺麗にしている自分の姿を見たら少しは気持ちも変わるんじゃないか、もうちょっと自分を大切にしようって気になるんじゃないか、って思ったんだよ。……あぁ、あたしは本当に押しつけがましいね」

磐田は途方に暮れたように息をつくと、

「あれだけ理子ちゃんに嫌がられたっていうのにまだ何かしてやりたい、どうにかしてやりたいなんて思っているんだからさ……」

それきり磐田は沈黙した。重い空気を変えようと、響希は裾の柄を指さした。

「あの、この柄は何を描いているんでしょうか？　巻物と小槌はわかるんですけど……」

「あぁ、これはね、全部縁起のいい物を描いているんだよ。宝尽くしっていう柄なの」

磐田は柄の一つ一つを指さしながら説明していく。

「このくびれているのが分銅で、この先が曲がっているのが鍵。どちらも富の象徴だね。この唐辛子みたいのは丁子。クローブのことで、健康や長寿を表している。この丸っぽいのは宝珠、願いを叶えてくれる珠だから、打ち出の小槌と同じようなものだね。それからこれが隠れ蓑と、隠れ笠。悪いものから身を隠してくれる道具のことだよ」

「巻物は知恵の象徴ですか？」

ケイの言葉に磐田は「その通り」とうなずいた。

「縁起のいい物をたくさん描いて、たくさんの幸福を呼び込む。宝尽くしはそういう文様なの。――さて、あんたたち。あたしのことは、もう気にしなくていいよ」

　響希とケイは同時に振袖から顔を上げ、磐田を見返した。

「あたしがあげたいものは、理子ちゃんにとっては全部不要なものだった。しかたないさね。向こうの気持ちを考えず先走ったあたしが悪かった。理子ちゃんに振袖を渡してなんて、もう無理を言う気はないよ」

　あっけらかんと言われた言葉。しかし磐田がそれを受け入れられていないのは、彼女が霊のままでいることが証明している。諦めようとして、納得しようとして、でもそれができずにいるのだ。

「おばちゃんの気鬱に、若いもんが一緒になって頭を悩ませることはないよ。ほら、もう帰った帰った。……あぁ、それとも」

　胸を押さえた磐田はケイに視線を向けた。

「さっさとこの厄介な感情を、あんたに取ってもらおうかね……」

　悲しげなつぶやきにケイは表情を曇らせた。

　ケイが重石を取れば磐田の苦悩は消える。磐田は未練から解放され、純白な魂へと変われる。果たせぬ未練を抱えた霊にとってケイの手は、最後の救いの手段でもある。けれど――。

あの、と響希が身を乗り出したその時、玄関のチャイムが鳴った。

響希たちはとっさに息をひそめた。直後に聞こえた「すみません」という声は理子のものだった。

「なんだ？　急に着物を受け取る気になったのか？」

そう言ったルリオははっとなり、

「まさか本物の孫じゃないってことがばれて、警察を引き連れてきたんじゃないだろうな？」

「私が出る」

響希はケイから手を離して茶の間を出た。一抹の不安を感じつつ玄関の扉を開けると、理子が一人で立っていた。

「……あの」

言いにくそうに口を開いた理子は、きゅっと手を組みうつむいた。

「……さっきの、お孫さんに言っていい言葉じゃなかったと思って……ごめんなさい」

「あ、いえ……」

「それだけです。……じゃあ」

理子はそそくさと立ち去った。ふふ、と背後から磐田が笑う声が聞こえた。

「愛想がないから誤解されやすいんだけど、ああいう素直なところもある子なんだよ」

その愛しげな声音でわかった。磐田が理子に構うのは、理子がかわいそうだからだけではなく、自分のさみしさをまぎらわせるためだけでもない。磐田は、理子が好きなのだ。

振袖に描かれた様々な宝物たちは磐田の願いの具現でもある。磐田があの柄に惹かれたのは、振袖を理子に渡したいと強く望むのは、彼女にたくさんの幸せが訪れることを願っているから。その気持ちに偽りはないはずだ。

「もう一度……」

響希は背後を振り返った。磐田の姿は見えず、茶の間から顔を出したケイの姿だけが見える。

「もう一度、理子さんに磐田さんの気持ちを伝えてみませんか？　振袖に込められた磐田さんの願いを、もっとちゃんと話したほうがいいと思うんです。それに、理子さんの思いだって……」

磐田の行為を否定し拒みながら、浮かべていたあの涙の意味は、なんだったのだろうか。

怒りや嫌悪だけで浮かんだものとは思えず、その考えは理子の来訪によって深まった。

理子にとって磐田がただ疎ましいだけの存在であったなら、その孫に対してわざわざ謝りに来るだろうか。

「理子さんの中には、彼女が言葉にした以外の感情があると思うんです。それを知らないまま終わりにしないほうがいい。磐田さんの気持ちの全部を理子さんに渡すのは、難しいんだと思います。でも、ほんの少しでも通じ合うものができれば……きっとそれは、理子さんにとっても救いに……」

言いながら、不安を感じ始める。本当にそうだろうか。それこそ押しつけがましい、独り善がりの考えではないだろうか。

「俺も……」

ふいに声を上げたケイは、茶の間から出てくると響希の隣に立った。

「俺も、もう一度理子さんと話してみるべきだと思います。今度はちゃんと、彼女の気持ちを聞きましょう。それをせずに諦めるのはまだ早い」

ケイが響希の腕をつかんだ。

ふっと視界に現れた磐田は、響希とケイの顔を見回すと、ふう、と息を吐いた。

「どうせあたしはお節介の厄介者だもんね。たった一度嫌がられただけで簡単に身を引くこともないか」

磐田が笑った。響希とケイは顔を見合わせ、互いに胸を撫で下ろした。その時、

「帯！」

と、磐田が大声を出した。

「そうだ、帯のことをすっかり忘れていたよ。振袖と一緒に帯も注文していたんだ」

「えっ、そうだったんですか？」

今ごろ店員は渡し忘れに気づいて焦っているかもしれない。

「取りに行かなきゃ。帯がなきゃ締まるもんも締まらないよ」

「俺が行ってきます」

靴を履いたケイは、「あんたはここで待っていてくれ」と響希に言って外へ出た。

「じゃ、ちょっくら行ってくるわ」

ルリオがケイのポケットから顔を出した。ケイは家の陰に止めていた空色の自転車に跨ると、軽快にペダルを漕いで去っていった。


「声が聞こえる」

磐田のつぶやきが聞こえたのは、ケイが出て行ってから十分ほど経った時のことだった。

「声？」

響希は首をかしげた。

「理子ちゃんと根岸が揉めている声がするんだよ」

焦りを滲ませた磐田の言葉に、響希は慌てて窓を開けた。左耳を二〇三号室に向けると、確かに男女が言い争っている声が聞こえる。

「調子に乗ってんじゃねぇぞ！」

根岸の怒鳴り声が響き、ドン、と何かを倒したような音が聞こえた。「理子ちゃん」と磐田がうろたえたように言った。

——どうしよう……。

止めに行ったほうがいいだろうか。警察を呼ぶべきだろうか。判断に迷った響希は携帯電話を取り出し、ケイに電話をかけた。

「どうした?」

「理子さんが恋人と揉めている声が聞こえるの。物が倒されたような音も聞こえた」

電話越しにもケイが気を張りつめたのがわかった。

「もうすぐそっちに着く。そのまま待っていろ」

通話が切れたその時、理子の悲鳴が聞こえた。何かがガシャンと割れるような音が直後に響き、二〇三号室の喧噪はそれきり途絶える。その不自然な沈黙が響希の不安を駆り立てた。

「ちょっと様子を見てきます」

居ても立ってもいられなくなり茶の間を出ると、背後から「あたしも行くよ」と磐田の声が聞こえた。

家を出た響希はコーポまんげつの二階に上がり、二〇三号室の扉に左耳を寄せた。根岸が苛立たしげに何かを言っているが、理子の声は聞こえない。

とにかく理子の様子を確かめなければ。

響希はチャイムを鳴らした。反応がなかったのでもう一度鳴らすと、しばしの間ののち根岸が出てきた。

根岸は無言で響希を見下ろした。その体が邪魔をして部屋の中の様子をうかがうことができない。

「こ、こんばんは。理子さんはいますか？」

根岸は胡乱な目で響希を眺めた。昨晩よりも強く酒の臭いが漂ってくる。「あんた、また理子ちゃんにひどいことしたんじゃないだろうね」と磐田の厳しい声が隣から聞こえた。

「私、理子さんの……同僚です。あの、職場のことで相談したいことがあって……」

「あんた、昨日、この辺りをうろついていたやつだろ？」

そう問われ、冷や汗が浮かんだ。暗かったから顔はよく見えなかったと思ったのに……。

響希が黙り込むと、根岸は室内に向かって「おい、クソ女！」と叫んだ。

「てめぇ、同僚とグルになってなんか企んでんのか？　俺と別れる算段でも立ててんのかよ、えぇ？」

「ち、違います。私は理子さんに仕事の話をしに来ただけです」

妙な誤解を生んでしまった焦りに、思わず持っていた携帯電話を握りしめる。すると根岸は通報されるとでも考えたのか、響希に手を伸ばした。

とっさに身を引いたその時、「触るな！」と横から伸びた手が根岸の手首をつかんだ。

「もう警察には通報してある」

ケイは自分の携帯電話を掲げてみせた。

根岸は「あぁ?」と威嚇するような声を上げたが、ケイが一歩も引かない様子を見ると、ばっと手を振り払った。

「理子! 警察に余計なこと言うんじゃねぇぞ!」

そう怒鳴った根岸はケイを押しのけ通路へ出ると、どしどしと階段を下りていった。路地から通りをキョキョロと見回し——おそらくパトカーの影がないことを確かめたのだろう——たっと走り去っていく。

「本当に警察を呼んだの?」

「呼んでいない。お前……」

鋭い視線を向けられ響希はびくりと身を縮めた。ケイは額を押さえると、ふっと肩から力を抜いて、

「……危ないことをするな」

「ご、ごめん。他人の目があれば大人しくなると思ったんだけど……」

言いながら廊下の向こうにある部屋をのぞくが、見渡せる範囲に理子の姿はなかった。

「理子さん、無事ですか?」

呼びかけに答えは返ってこず、部屋はしんとしたままだ。

「磐田さんが中に入ったぞ」

えっ、とケイに触れると、廊下を進む磐田の背中が見えた。

「理子ちゃん！」

部屋に入った磐田が悲鳴に近い声を出した。響希とケイは廊下に上がる。

「すみません、入ります！」

慌てて飛びこんだ室内は荒れていた。割れたコップの破片が飛び散り、丸テーブルがひっくり返っている。クローゼットに取り付けられた姿見には、大きなヒビが入っていた。

理子はベッドの前に座り込んでいた。額を押さえてうずくまる彼女の隣に磐田が心配顔で寄り添っている。

「理子さん、大丈夫ですか？」

理子の顔をのぞき込むと、何かをぶつけられたのか、額が赤くなって切れていた。

「び、病院へ行かないと……」

「構わないでよ。たいした怪我じゃない」

顔を背けた理子は乱暴に額の傷をぬぐった。その痛みを代わりに引き受けたかのように、磐田が顔をゆがめる。

「手当てをしないと。救急箱はどこですか？」

「そんなのないよ。放っておいてって言ってるでしょ」

「あたしの家にあるよ。茶の間の棚の上」

磐田の言葉に、「取ってくる」とケイが部屋から出ていった。

「もうあんな男とは別れなさいよ。あんたのそんな姿、見ていられないよ」

磐田の声が聞こえた。彼女に代わって響希が問いかける。

「どうして自分を殴るような人と別れないんですか？　そんなふうにされても、あの人が好きなんですか？」

「好きなわけないじゃん」

笑い交じりの答えに困惑した響希は、「なら、どうして？」と問いを重ねる。

「わかんないだろうね。あんたには……」

理子は小馬鹿(ばか)にしたふうな視線を響希に向けた。その時、ケイが部屋に戻ってきた。救急箱だけでなく振袖と帯、それぞれが入った箱も抱えている。

「……あんたたち、親に大切に育てられてきたでしょ？　こんなふうに赤の他人を心配するぐらいに親切なんだもん。人には優しくしなさいって教えられて、人からは優しくされて育ってきたでしょう？」

不快げに鼻を鳴らした理子は、割れたコップをにらむように見た。

「あんな男と付き合っているのは、あんな男ぐらいしか私のそばにいてくれないからだよ。ブスで性格も愛想も悪い。頭も良くなくて、学歴もない。実の親にさえ――」

理子は声を震わせ、自分の足にぐっと爪を立てた。

「実の親にさえいらないって言われるような女には、ああいうろくでもない男がお似合いなの。まともで優しい人は、まともで優しい人と付き合う。私なんかのそばにいようとは思わないんだよ……」

響希は息をのんだ。少しだけ、理子の抱えているものが見えた気がした。

自分が愛されているという実感を持った経験が、彼女にはないのかもしれない。自分に価値を見出せない。自分は優しさを向けられる対象ではないと思い込んでしまう。だから、差し伸べられた温もりが偽物に見えてしまう。

「理子ちゃん、他の誰がなんと言おうと、あんたは素敵な女の子だ！　間違いないよ！」

磐田の必死の声が響いた。響希の隣に膝をついたケイは箱を開けて振袖を取り出した。

「理子さん、これを見てください」

「やめて！」

払いのけられたケイの手から振袖がばさりと落ちた。床に広がった青は、それでもなお美しい。

「孫のあんたが着ればいいじゃない」

振袖からつと顔を背けた理子は、響希に向けてそう言った。

「こういう手が込んだものは、愛されている子のためのものなんだよ。私に似合うものじゃない」

「これは、理子さんのための振袖なんです！」

響希は振袖の裾を整え、そこに描かれた柄を指さした。

分銅、鍵、丁子、宝珠……磐田に教わった意味を——様々な幸福に恵まれますようにというその願いを——一つ一つ説明していく。

「これは隠れ蓑で、これは隠れ笠です。二つとも悪いものから身を隠してくれる道具です。持ち主に危険が及ばないよう守ってくれるものなんです」

瞳を揺らした理子は、しかし浮かび上がったものを拒むかのようにぎゅっと目を閉じた。

「いわ……祖母は、理子さんにたくさんの幸せが訪れるよう願ってこの柄の振袖を仕立てました。あなたには幸福が似合うと思ったから、この柄を選んだんです。その気持ちを……それを、愛とは呼べませんか？」

「……でも、私は……」

理子は目をつむったまま首をすくめるようにした。

「理子ちゃん、よくご覧よ。あんたにぴったりの色と柄だよ。似合わないわけないさ」

響希はケイに触れた。理子に寄り添い、懸命に語りかける磐田の姿が見える。

「本当は……」

ケイがぽつりとつぶやく。

「本当はあなたも祖母の善意を信じたいんじゃないのか？　自分の価値を信じたいんじゃないのか？」

――涙が浮かぶのは、それを否定するのがつらいから。

「……祖母の行為が偽りかそうじゃないかを決められるのは、あなただけなんだと思う。あなた自身にしか、あなたの価値は決められない」

ぐっと息をのんだ理子は、目を開け恐る恐るというように振袖を見つめた。

磐田が振袖に手を重ねた。その意図を察した響希は、振袖を手に取り理子の背中にそっとかけた。

体を強張らせた理子は、しかし振袖を振り払いはしなかった。立ち上がってクローゼットの前に向かい、ヒビの入った鏡に自分の姿を映す。

磐田の見立ては確かだった。鏡越しに見る理子の振袖姿はお世辞抜きに美しい。幸福を詰め込んだ柄が、よく似合っている。

「……綺麗ね」

理子の目からじわりと涙が溢れた。

「綺麗だよ、本当に綺麗だ。お姫様みたいだよ」

再びケイに触れると、理子の隣に立って喜ぶ磐田の姿が見えた。

鏡に磐田は映らない。けれど今、理子の目にはその笑顔が浮かんでいるはずだ。

「とっても似合っています」

響希が言うと、理子は肩を震わせた。

「私……もう殴られたくない……」

涙とともに、思いがこぼれていく。

「もっと自分を大切にしたい。あの男と別れたい。……ううん、別れる。別れるよ、磐田さん」

うんうんとうなずいた磐田は、涙をぬぐう理子の背中に手を添えると、響希たちを振り返った。

「紺色の植木鉢の中にあるものを理子ちゃんに渡してあげて」

そう言った磐田は再び理子の振袖姿を眺めた。その横顔には満足そうな笑みが浮かんでいる。

「理子ちゃん、忘れないで。あんた自身が、何よりの宝物なんだよ」

磐田の頬を、一筋の涙が伝った。

※※※

七歳の時、父が大きな鞄を持ってアパートから出ていった。悪い予感がした。

「お父さん、待って」

アパートを飛び出しシャツの裾をつかむと、父は理子を振り返った。

「ついてくるな。いらないんだよ、お前なんか」

自分の手を振り払った父がどんな顔をしていたかは覚えていない。忘れてよかったと思う。娘に呪いの言葉を吐く父親の表情なんて、醜悪(しゅうあく)に決まっているから。

父がいなくなると、母は部屋に男を連れ込むようになった。男の顔触れはしょっちゅう変わった。変わらないのは、男が部屋に来た時、理子は外に出ないといけないということだけだ。

「子どもなんてほしくなかったのに……」

付き合っていた男に逃げられ、やけ酒をあおっていた母は、そう言って理子の顎(あご)をつかんだ。

「せめて、もっと可愛(かわい)い娘だったらよかったのになぁ」

娘の顔をのぞき込んだ母は、けらけらと笑った。――私だって……。

私だってあんたなんかいらない。父親もいらない。この顔も、体も、心も、全部いらない。

高校を卒業すると、理子はすぐに母のもとを離れた。以来母へ連絡は一度もしていないし、向こうからだって一度も来たことがない。

根岸と出会ったのは、たまたま入った居酒屋だ。向こうから「一緒に飲もう」と声をかけてきた。一人きりでいる理子は声をかけやすかったのか、それとも理子が一目で根岸の低劣を見抜いたように、向こうも理子のそれを感じ取ったのか。

そうだ。初めから根岸の印象は悪かった。なのに付き合った。部屋に住みつくことさえ許した。

だって、一人でいるのは怖い。つなぎ止めてくれるものがないと、私はバラバラになってしまう。愛なんて贅沢(ぜいたく)は言わない。罵(のの)りでもいいし、暴力でもいい。むしろそっちのほうが私には相応(ふさわ)しいとさえ思っていた。

――今、こうして鏡に映った自分の姿を見るまでは……。

少年が理子の隣にやってきた。かがんで何かを拾い上げるような動作をしたが、立ち上がった彼は手に何も持っていなかった。ちらりと少女のほうを向き、意味ありげな目配せをする。

不思議な雰囲気の二人だ。姉と弟なのか兄と妹なのかはわからないけど、妙にくっついているし、顔は少しも似ていない。二人そろって磐田ともまったく違う顔立ちだ。似ているのは、お節介焼きなところだけ。

二人が振袖を渡そうとしてきた時、無性に腹が立った。赤の他人のために使う時間があるなら、生きている磐田さんをもっと構ってあげればよかったじゃない。

磐田から息子家族が遠方に住んでいるという話は聞いていた。孫はいるけど、あまり自分には懐いていないとも。

だからか、と思った。店子の自分にしつこく構うのは、近くに自分の独り善がりな善意を押しつける相手がいないからか。

磐田の行為にはうんざりしていた。何度いらないと言っても、手作りのおかずを持ってやってくる。放っておいてと言っても、救急箱を持ってくる。部屋で根岸が大暴れした時は、フライパンを手に乗り込んできた。

あんな男とは別れなさい。もっと優しい人と付き合いなさい。

そう言われるたび、この人は何もわかっていないんだと思った。優しい人が私のことなんて、好きになるはずないのに……。

理子は鏡を見直した。そこに映る青い振袖を羽織った自分は美しい。美しいとちゃんと思える。

馬鹿だった。自分を愛してくれない人たちの言葉なんかを真に受けて、思い遣ってくれる人の言葉を遠ざけていた。

いいじゃない。磐田さんの優しさが、自分を満足させるためのものでも。そばにいない家族の代わりに私に構っていたのだとしても、それでいい。だからといって磐田さんの気持ちが偽物になるわけじゃない。

あの人の中には理子への思いが確かにあったと、自分は今、それを信じられているのだから。

「私、ここから出ていく。今すぐ」

そう言うと、孫二人は驚いた顔をしたが、すぐに納得したようにうなずいた。

「確かに。あの男に見つかる前にいなくなったほうがいい」

少年が言うと、少女は複雑そうな顔をした。

「別れると言っても、すんなり聞いてくれそうにないもんね……。けれど理子さん、行く当てはあるんですか？」

「身を寄せられるようなところはないよ。でもとりあえず、地元に帰ることにする」

土地勘があるところなら新しい部屋も仕事も探しやすい。そう思いながらも、不安はあった。貯金はほとんどない。ちゃんと住むところを見つけられるだろうか。

「そうだ。植木鉢……」

唐突に少女がつぶやいた。理子には意味がわからなかったが、少年のほうは意を得たようにうなずいた。

「俺が見てくる。響希は理子さんの手当てを」

少年が部屋から出ていった。

振袖を脱いだ理子は、救急箱を開けた少女の前に大人しく座った。額の傷口を消毒してもらい、絆創膏を貼ってもらっていると、少年が部屋に戻ってきた。手に土のついたビニール袋を持っている。

ビニール袋の中には、小さく折りたたまれた紙幣が――ほとんどが一万円札だ――入っていた。合わせて二、三十万はあるのではないだろうか。

「何それ」

とまどう理子に少年が袋を差し出した。

「持っていってください。これで当座はしのげる」

「も、もらえないよ。っていうか、そのお金、どうしたの？」

そう聞くと、少年は床に転がっていた理子の鞄の口を開き、紙幣を乱雑に突っ込んだ。

「え、ちょっと……」

「祖母のお金です。間違いなく、祖母はあなたにこれを渡せと言いました」

少女はきっぱりと言い切った。少年が理子に鞄を持たせる。

「急いだほうがいい。早く荷物をまとめて」

鞄をのぞき込んだ理子はしばし逡巡したのち、心の中で礼を言った。――ありがとう、磐田さん。使わせてもらいます。

「まずは駅へ向かうんですよね？　タクシーを呼びましょう。途中であの人と会ったら大変です」

少女はタクシー会社へ配車を頼んだ。理子が慌ただしく荷物をまとめている間に、タクシーがアパートの前にやってきた。

車内に乗り込むと、少年が振袖と帯の箱を渡してきた。

いろんなことが落ち着いて余裕ができたら、どこかでちゃんと着付けてもらおう。「トランクに入れましょうか？」という運転手の申し出を断り、理子は箱をしっかりと抱えた。

「それじゃあ、気をつけて」

理子は少年と少女を見返した。やっぱり全然似ていない。本当に姉弟（きょうだい）なのだろうか。本当に磐田の孫なのだろうか。

理子はふっと息をもらして首を振った。この二人が何者であれ、伝えてくれた磐田の気持ちは本物だ。本物なんだ。

「……ありがとう、いろいろと」

ドアが閉まり、タクシーが走りだした。流れる景色に目を向けたその時、携帯電話が鳴った。

「警察、もう帰ったか？　ちゃんと誤魔化（ごまか）したんだろうな？」

電話に出ると根岸がそう聞いてきた。居丈高な物言いだが、かすかな怯（おび）えも隠れている。

「私、あの部屋から出ていくから。あんたとは別れる」

根岸は束の間黙り込んだのち、不明瞭な怒鳴り声を上げた。「ふざけるな」とでも言ったのだろう。

弱い者にしか強く振る舞えない、小さな男だ。暴力や暴言でしか感情を表現できず、そして理子がそうだったように、そんな自分自身を愛していない。

「……あんたもさ、自分を見下げるのはやめて、自分を好きになれるように生きていきなよ」

根岸が息をのんだ気配が伝わった。通話を切った理子は、根岸の番号を着信拒否にして、電話帳から削除した。

振袖の箱をそっと撫で、裾に描かれたたくさんの宝物のことを思い浮かべる。

大丈夫。私にはこの先、きっと多くの幸福が訪れる。それを見逃すことも、拒むことも、もうしない。

※※※

理子を乗せたタクシーが去るのを見送り、ケイはズボンのポケットに手を入れた。手の中に忽然(こつぜん)と現れた柔らかな感触を握りしめ、ポケットから手を出す。

開いた手のひらの上にのっていたのは、青い風船と金色の長い糸だ。風船にふぅふぅと息を吹き込めば、薄い膜が伸びて青色がより鮮やかになった。

風船の口を金糸でくくる手つきに澱みはない。長く余した糸を握って風船から手を放すと、人ならざる者の吐息を包み込んだ青い薄膜は、重力を無視してふわりと浮き上がった。ポケットに手を入れれば風船と金糸が現れること。息を吹き込んだ風船が浮かび上がること。魔法のようなその現象に、もはや驚きは感じない。ケイは響希の周囲をくるくると楽しげに回っていた光る魂に向かって風船を差し出す。

「どうぞ」

ぴょんと飛び上がった白い光の玉は、迷うことなく膜の中に飛び入った。ケイは光が灯(とも)った風船を掲げ、金の糸から手を放した。

風船が真夏の空へ昇っていく。と、ケイの肩に止まっていたルリオが歌い始めた。時には弾むように、時には優雅に――。ルリオはさえずりを様々に使い分け、美しい旋律を奏でる。風船はその優しい歌に導かれ、やがて空へ溶け入るように姿を消した。

歌を止めたルリオがふるりと体を震わせた。ふと隣に立つ響希を見ると、その視線はまだ空に向けられていた。

瞳に湛(たた)えられた涙は、誰を思ってのものだろうか。その答えを尋ねても、きっとはぐらかされるのだろう。

「ケイ、重石をくれよ。測定しようぜ」

ルリオにそう言われ、ケイは理子の部屋で拾い上げた重石を彼の嘴に持っていった。虹色に輝くそれをこくりと飲み込んだルリオは、ケイがポケットからばね秤を取り出すと、フックにぴょんと飛び移った。

　ぐらぐらと上下に揺れた指標は、やがて七と八の中間辺りで止まった。

「どう？　どこまで下がった？」

　期待を込めた視線を向けられ、ケイは「七と八の間ぐらい」と答えた。

「なんだ、そんなもんか。まだまだ道のりは遠いなぁ……」

　尾羽をひょいと下げたルリオの頬を、響希が励ますように撫でた。

「焦らないでやっていこうよ。成果はちゃんと積み重なっているんだからさ。——ねぇ、ケイ？」

　向けられた笑顔にうなずくと、予言めいた死神の言葉が頭に響いた。

　——君や彼女の手に余ることは、いつか起こりうるよ。

　まだ長い道のり……。何が起こるかわからない道程に、このまま響希を付き合わせ続けていいのだろうか。

　ケイはキャップのつばを下げ、胸に澱む迷いから目を逸らした。

夏の果ての祈り

九月の初旬。十日ぶりに大学病院を訪れた響希はゆうなの病室の扉をノックした。応答を待っていると、真美子が扉を開けた。

「ごめんなさい、響希ちゃん。ゆうな、今さっき眠ったところなの」

申し訳なさそうに眉を下げた真美子はベッドを振り返り、静かな寝息を立てるゆうなを見た。

その土気色の顔色に、響希は内心うろたえた。一目で良くない状態であるのだとわかる。

「やぁ、こんにちは」

ベッドのそばに座っていたゆうなの父に声をかけられ、響希ははっと我に返った。「こんにちは」と会釈を返すと、真美子が息をついた。

「せっかく来てくれたのに、ごめんなさいね。ゆうなも響希ちゃんに会えるのを楽しみにしていたんだけど……」

前回の見舞いから十日も間が空いたのは、ゆうなの体調が思わしくない日々が続いていると聞いていたからだ。しかしゆうな自身から『今日は久しぶりに調子がいいみたい』というメッセージが届いたため、ならば午後に見舞いに行くと伝えていたのだが、体調が急変したのだろう。

「それじゃあ私、ラウンジにいますね。しばらく待ってみて起きなかったら、今日は失礼します」

目覚めたとしても、挨拶(あいさつ)をする程度で引き上げたほうがいいかもしれない。そう考えつつ引き返そうとすると、「響希ちゃん、少し話させてもらえる？」と真美子に言われた。

響希たちは小児科病棟内にあるラウンジに入った。消毒液の清潔な、けれどどこかよそよそしい感じのする匂いが漂う中、患児やその家族が、思い思いの時間を過ごしている。

「響希ちゃん、ゆうなとメッセージのやり取りをしているのよね？」

向かいに座った真美子にそう聞かれ、響希は「はい」と答えた。初めて見舞いに来た時、響希とゆうなは連絡先を交換した。それからほとんど毎日、挨拶を交わしたり読んだ本の感想を送り合ったりと、他愛のないやり取りをしている。

「あの子、お姉ちゃんについて……さりなについて、何か言っていなかった？」

「お姉ちゃん……」

そうだ。ゆうなには姉がいた。確かゆうなよりも三つ年上だ。しっかり者で頼りになるけど、ちょっといじわるなお姉ちゃんがいると、ともに入院していた時に話していた。

小児科病棟では感染症の予防の観点から、たとえ家族であっても小学生以下の見舞いを禁止している。そのため響希の入院当時、まだ小学生だったさりなは一度も病室を訪れていない。

今、さりなは中学二年生のはずだ。見舞いに来られる年齢だが、響希が病室で彼女の姿を見たことはなかった。

「いえ、お姉ちゃんの話題が出たことは一度もないです。……あの、二人の間に何かあるんですか？」

「実は今日、さりなも病院に来ているの。でも、あの子、決してゆうなの病室には入ろうとはしない。ゆうなに会おうとしないのよ」

テーブルに両肘をついた真美子は、疲れが滲むため息をついた。

ゆうなが再入院した当初は、さりなも両親とともに病室を訪れ、妹を見舞っていたそうだ。

しかしゆうなの治療が思うような効果を出さず、方針が緩和ケアで苦痛を取り除くほうへ変わると、さりなは見舞いを拒むようになった。一応、小児科病棟までは大人しくついて来るのだが、親がなんと言おうと病室へは絶対に入らない。今日も小児科病棟までは来たものの、やっぱり嫌だと言って出ていってしまったそうだ。親が見舞っている間、さりなは病院のカフェに行ったり、近場をうろうろしたりして時間を潰しているらしい。

「それは……」

響希は口ごもった。

大切な人が弱っていく姿を見るのは、誰だってつらい。目を逸らしたくもなる気持ちは理解できる。本当に、とてもよく……。

同室だった時、ゆうなはよく姉の話をしていた。色ペンを全然貸してくれないだとか、デコピンが強くて痛いだとか、すぐママに告げ口をするだとか些細な文句が多かったけれど、だからこそ姉妹の等身大の仲の良さが、一人っ子の響希には感じられた。

「さりなの苦しい気持ちは理解できる。中学生といってもまだ子どもだもの。いろんな感情を処理しきれないのは当然よ。でも、ゆうなにはもう時間がない……」

その事実を言葉に出すことさえつらいのだろう。真美子の声はひどく震えていた。

「ゆうな、食欲がないのよ。寝ていることも多くなった。先生の話では残された時間はあとひと月ほどだろうって……」

「……そう、ですか……」

響希は目を伏せた。最期の時は刻々と迫っている。残された時間の中で、自分はゆうなに何をしてあげられるのだろう。

「このままの状態でその時を迎えさせたくないのよ。そんなことになったら、絶対にさりなは後悔する」

「……そうですね。そう思います」

響希はうなずいた。その結果はさりな自身に深い傷を残すことになるだろう。それにゆうなだって……。

「ゆうな、さみしがっているでしょうね……」

「それがね、あの子、お姉ちゃんが自分に会いたくないなら、別にそれでいいって言うのよ」

「そんな……」

姉を気遣い、強がっているのだろう。その大人びた優しさがむしろ悲しい。

「仲の良い姉妹だったのよ。二人ともきかん気が強いから、喧嘩もしょっちゅうしたけれど、さりななりに妹を可愛がっていたし、ゆうなだって姉を頼りにしていた。でも、治療を止めてから二人は急によそよそしくなってしまった。些細なことでぎゃあぎゃあやり合っていたのが、もう遠い昔のことのように思える」

真美子はその景色を思い出すかのように目を細めた。その時、ラウンジにゆうなの父が入ってきた。

「ゆうなが目を覚ましたよ」

そう伝えられ、響希はゆうなの両親と揃って病室に入った。

「ごめん、響希ちゃん。ついうとうとしちゃって……」

ベッドに座るゆうなは前に見た時より一層痩せていた。それでもこちらに向けられた笑顔に陰りはなく、それが響希の胸を痛ませた。

気にしないでと答え、響希は勧められた椅子に腰かけた。買ってきた差し入れを真美子に託してゆうなに向き直ると、

「バーベキューの写真、楽しそうだったね」

言われて響希は笑んだ。数日前、響希は大学の同級生たちと河原でバーベキューをした。その時に撮った写真を数枚、ゆうなに送っていたのだ。

「うん。とっても盛り上がったよ。暑くて汗だらだらだったけど。――ねえ、見て。片づけをしている時に、森から出てきたの」

響希は携帯電話で撮った写真をゆうなに見せた。

「あっ、タヌキだ！　可愛い！」

川の向こう岸に立つタヌキの姿を見たゆうなは、はしゃいだ声を上げた。

「匂いにつられて出てきたみたい。立ち上がってこっちをじっと見ているから、びっくりしちゃった」

「ここ、××川の河川敷でしょう？　まだタヌキが住んでいるのねぇ」

画面をのぞき込んだ真美子はそう言うと、「この人、かっこいいね」と画面の端に笑顔で映る晴一（はるいち）を指さした。タヌキにカメラに向けた時、ふざけて入り込んできたのだ。

「わ、本当だ。かっこいい。……もしかして、響希ちゃんの彼氏？」

ゆうなに聞かれ、響希は慌てて「違うよ。ただの友達だよ」と否定した。

「なんだ。こんなイケメンと付き合っているならすごいって思ったのに……」

いかにも残念そうにつぶやかれ、響希は「ご期待に沿えず申し訳ありませんね」と笑った。

んだよ」

「あ、そうだ。私、今度の土曜日にこのイケメンと一緒にアルバイトをすることになった

バーベキューの最中、晴一が唐突に「志田(しだ)さん、カキ氷を作ってみない？」と声をかけてきた。

晴一は夏休み中に派遣会社に登録し、短期のアルバイトをいろいろと引き受けているのだと語った。今週末に隣のS市の公園で開かれる夏祭りに、付近の食堂から焼き鳥とカキ氷の屋台が出店される。晴一は焼き鳥を作る担当として派遣されることになったのだが、カキ氷を担当するはずの一人が、バイクの自損事故で手を骨折したそうで、急遽(きゅうきょ)代わりの人材が必要になったらしい。

夏の繁忙期、しかも急な事態のため派遣会社では他の人材が見つからず、むしろ晴一の知人の中に引き受けてくれそうな人がいたら紹介してほしいと頼まれたそうだ。

「急な話なんだけど、助けてくれないかな？　簡単な仕事だし、時給も悪くないよ」

他の友人にも声をかけたが、みなすでに予定が入っているため無理だと断られたのだと言う晴一に、響希は「ぜひやらせて」と答えた。前々からアルバイトをしてみたいという気持ちはあったため、いい機会だと思った。

母にバイトのことを伝えたのは、派遣会社に行って登録を済ませた後である。不安そうな顔で、「夏場の屋外での立ち仕事はやめておいたほうがいいんじゃない？」と止められ

たくなかった。

「他の仕事もあるでしょうに……」

案の定、バイトのことを話すと母は渋い顔をしたが、「社会経験の一つだよ」と父が取りなしてくれたおかげで一応は容認された。

「夏祭りかぁ。楽しそう」

ゆうなが言うと、「響希ちゃんは遊びに行くわけじゃないんだぞ」とゆうなの父が返した。

「わかってるよ。水風船、あるかなぁ。私、あれ好きなんだよね。模様が可愛いし、夏って感じがする」

「あったら取ってこようか？」

「いいの？　ありがとう。空気がたくさん入った、活きのいいやつを取ってきてね」

響希は思わず噴き出した。真美子もゆうなの父も同じように笑っている。

「え、何？」

ゆうなは不思議そうに三人の顔を見渡した。

「だって……活きのいいやつって、魚じゃないんだから……」

笑いながら響希が言うと、ゆうなも自分の発言のおかしさに気づいたらしく、あはは、と軽やかな笑い声を立てた。

こんな何気ない一瞬が、この上なくかけがえのないものに感じられる。響希は目じりに浮かんだ涙をさりげなくぬぐった。

※※※

九月半ばに差しかかっても、まだ蟬(せみ)の鳴き声の勢いは衰えない。横断歩道の前で自転車を止めたケイは、強い日差しに目を眇(すが)めながら信号が青に変わるのをじっと待った。

「行きたいなー、行きたいなぁー」

蟬の声に合わせるように、ポケットに潜(ひそ)むルリオが声を上げた。

「お祭り、いいなー、楽しそうだなー。響希、うらやましいなぁー」

ひょっこりと顔を出したルリオは、ねだるような視線をケイに向けた。今日は朝からずっとこんな感じだ。

数日前、急にケイたちのもとを訪ねてきた響希は、夏祭りでアルバイトをすることになったのだと妙に張り切って報告してきた。どうやら晴一が一緒にやらないかと誘ってきたらしい。

他の友人たちに断られた末、自分に声をかけたようだと響希は言っていたが、実際はどうだろうか。響希の話では晴一はかなり友人が多いそうだ。その全員に断られたとは考えにくい。

実は弟は響希に一番に声をかけたのではないか。ケイは内心、そう疑っている。だからといって、どうということもないのだが……。

信号が青に変わった。ケイは自転車を発進させ専用通行帯を進む。

「あいつは働いているんだ。遊びに行っているわけじゃない」

その夏祭りが今日行われる。屋台がオープンするのは十六時からで、その二時間前に集まってテントの設置や機材の準備をすると言っていた。現在の時刻は十五時前。今ごろは慌ただしく動き回っているだろう。

「射的に輪投げに型抜きぃ、金魚すくいにスーパーボールすくいぃ」

「お前にはできないことだろ。行ってどうするんだよ」

「雰囲気だけでも味わいたいんだよ。なぁ、行こうよ。ケイも絶対楽しいからさぁ」

ポケットの中でバタバタと羽を動かすルリオにケイはため息をついた。

霊が見つかるまでのいつ終わるとも知れない空白を持て余しているのは、ルリオだけでなく自分もだ。しかしだからといって、のこのこと祭りに出かけるわけにはいかない。

「会場には晴一もいる。見つかったらことだろう」

ケイは家出中の身である。しかも姿は十二年前と寸分違わぬ、十八の少年のままだ。

「この前はなんとか切り抜けたが、また顔を合わせたら怪しまれる。……まぁ、見た目のことはどうにか誤魔化せるかもしれないが、連れ戻そうとされたら厄介だ」

必ず帰るから待っていてくれ。そう伝えると、弟はそれ以上追ってこなかった。しかし再び見つかれば、今度は見逃されないかもしれない。

「祭りなら、どこか他の場所でやっている時に連れていってやる。今回は諦めてくれ」

そう言うと、ルリオはピッピピッピッと鳴き、何かを企んでいるかのように目を細めた。

「俺に策がある」

※※※

アルバイトの集合場所は、依頼主であるはなまる食堂の駐車場だった。集まったのは響希と晴一を含めた四人の派遣アルバイトと、店主の息子である村田だ。食堂は今日も通常通りに営業するため屋台に回せる人材が息子以外におらず、派遣会社に依頼をしたらしい。

簡単な自己紹介を済ませたのち、響希たちは村田が運転するバンに乗り市民公園までやってきた。毎年九月の第二土曜日に開催されるこの祭りは市と観光協会が主催するもので、夜には花火も打ち上げられる。

屋台が並ぶのは芝生が敷かれた広場だ。はなまる食堂が出店するスペースは会場のメインの出入り口から一番離れたところにあり、主催者から提供されたテントやパイプが置かれていた。

「ええと、まずはテントを組み立ててもらって、その後に機材の設置と食材の搬入をお願いします。それが終わったら調理の説明をします」

遠慮がちにアルバイトたちを見回した村田は、学生である響希たちとそう変わらなさそうな年齢である。普段も食堂で働いているらしいが、人に指図する経験はあまりないのかもしれない。

「こんな感じで進めていこうと思うんだけど……何か質問がある人はいるかな？」

声を上げる人が他にいなかったので、響希は手を上げた。

「あの、質問ではないのですが……」

「あ、はい。どうぞ」

「私、右耳が不自由で、音が聞こえないんです」

唐突な発言にバイトの人たちは少しとまどったような顔をした。中でも特に驚いた様子を見せたのが晴一だ。

「あ、そうだ」

村田は気まずそうに頭をかいて、

「ごめん、ごめん。派遣会社のほうから事情はちゃんと聞いています。他の人たちにも説明しておくべきだったね。……ええと、会話には問題ないんだよね？」

「はい。左耳は正常に聞こえるので基本的には平気です。ただ周りが騒がしい時に右側から声をかけられると、気づかないことがあるかもしれません。そういう時は、少し大きめの声で呼んでいただけますか？」

それぞれから了承の返答が上がり、ぎこちない雰囲気は消えた。「よろしくお願いします」と響希は頭を下げた。


テントの設置はそう時間をかけることなく終了した。しかし三十度を越す炎天下の中あくせくと動いたため、長机を組み立てたころにはみな汗だくでぐったりとしていた。

「一息入れよう」

村田が言うと、アルバイトたちはめいめい芝生に座り込んで水分を補給した。テントの陰に入り込んだ響希もミネラルウォーターで喉を潤す。

「志田さん、平気？　ばててない？」

隣に座った晴一に声をかけられ、響希は「もうばてばてだよ」と顔を手であおいだ。

「一条くんは、全然疲れてなさそうだね」

「体力だけが取り柄だから」

そう笑った一条は、しかしふと神妙な顔になり、

「……耳のこと、全然気づかなかった」

「私自身も普段は意識してないの。日常で困ることはほとんどないから……。別に真面目だから前の席にいるわけじゃないってこと、ばれちゃったね」

軽い調子でそう言うと、晴一は気まずそうに「そんなこともあったね」と笑った。

「それって生まれつきのものなの？　……っていうかこの話題、気分が良くない？」

「ううん、全然。生まれつきじゃなくて高校一年生の時に急にこうなったの。私、中学生のころに大きな病気をしていて……」

晴一が気遣わしげな顔をしたので、響希は笑って先を続けた。

「その治療のストレスが原因でこうなったのかもしれないし、あるいはそもそも原因なんてないのかもしれない。私にもよくわからないんだ」

「そうなんだ……」

晴一は芝生をわしわしと撫でた。公園中に響き渡る蟬の鳴き声が、沈黙の間をつないでくれる。

「……あのさ、前に病院の前で会った時、俺、志田さんにばあちゃんのことをべらべら話しただろ？　その時は特に親しいわけでもなかったのにさ」

七月のことだ。重い肺炎で入院する祖母を見舞った晴一は、定期検診を終えた響希と大学病院の前にあるバス停で偶然出会った。ともにバスに乗ると、晴一は涙ながらに祖母の命が危ういことを響希に話し、不安を吐露した。

「なんで話してしまったんだろう、なんで止められなかったんだろうって、ずっと考えていたんだ。知人程度の男にばあちゃんが危篤で心配だなんてめそめそ泣かれたら、志田さんが困るだろうってわかっていたのに……」

確かに響希は途方に暮れた。気の利いた慰めの言葉もかけられず、ただ晴一の話に耳を傾けていただけだ。

「どうしようもない時に声をかけられたから、堪え切れなかったというのもあると思う。距離が近すぎないからむしろ話しやすかったということもあると思う。でも一番の理由は、志田さんが俺の話をちゃんと聞いてくれている気がしたからだと思ったんだ。俺の気持ちにじっと耳を傾けてくれているように思えて、ただ話すだけで心が軽くなった」

「あぁ……」

合点がいった。人が話している時、響希はその声を聞き逃さないよう左耳を傾けるし、その言葉に集中する。それが相手にとって心地よく思えるのか。

「そういうふうに思われているなんて考えもしなかった……」

響希は右耳を撫でた。

霊の声だけじゃない。人の声を聞くのにも、この力は役に立っていたのか——。

自然と笑みがこぼれた。良いことに気づけたし、とても素敵な褒め言葉をもらった気がした。

「ありがとう、一条くん」

晴一の手元からブチブチと音がした。視線を向ければ、手には千切れた草が握られていた。

「あ、芝生はむしっちゃ駄目だよ」

「あ、やべ……」

晴一は詫(わ)びるように芝生をぽんぽんと叩くと、

「こちらこそ、その節はありがとうございましたですよ」

と、ほっとしたような笑みを響希に向けた。もしかしたら先ほど驚いた様子を見せたことを気に病んでいたのだろうか。

「体力は回復したかな？　機材の設置を始めよう」

村田が声をかけた。響希と晴一は「頑張ろう」と励まし合い、ともに立ち上がった。

夕方になっても気温があまり下がらなかったためか、カキ氷の屋台はオープンからずっと盛況だった。十九時ごろには用意していた氷のすべてを売り切り、機材の片づけは二十時前に終わった。

「それじゃあ、カキ氷組はもう上がって平気だよ」

隣で焼き鳥を焼いていた村田は、カキ氷の販売を担当した響希ともう一人の加藤(かとう)という専門学生にそう告げた。元々、カキ氷を売り切ったらそこで業務は終わりという話だった。

「残って手伝ったほうがいいですか？」

加藤の言葉に響希は「私も残れます」と続いた。焼き鳥のほうはまだ少し材料が残っている。

「いや、こっちは大丈夫だよ。花火が始まる前には売り切れるだろうし、三人いればテントの解体も問題ないから。本日はお手伝い、どうもありがとうございました」

「こちらこそお世話になりました」

響希は加藤と揃って頭を下げた。テントを出て「お先に失礼します」と焼き鳥担当に声をかけると、「お疲れ様でした」と返ってくる。

「帰り、気をつけて」

焼き鳥の串をひっくり返しながら言った晴一に、響希は「頑張ってね」と手を振った。

友人と合流して一緒に花火を観るつもりらしい加藤とは、はなまる食堂の屋台の前でそのまま別れ、響希は一人、提灯(ちょうちん)に照らされる夜店を眺めつつ歩いた。

人通りはひところより少なくなっていた。間もなく始まる花火を観るため移動したのだろう。

「あ、あった」

響希はヨーヨー釣りの屋台に近づいた。プールをのぞくと、水面に色とりどりの水風船が浮かんでいる。黄色のものが一番空気がしっかりと入っていそうだ。

　店番の女に代金を渡し、代わりに釣り針のついたこよりを受け取る。プールの前にかがんで黄色の風船を狙うが、ゴムの輪が風船の下に沈んでしまっていて引っかけるのが難しい。

「この黄色がほしいの？」

　響希が「はい」とうなずくと、女は風船を動かし輪を水面に浮かせてくれた。おかげで簡単に釣り針を輪にかけることができた。

　水面から持ち上げた風船を手元に寄せると、湿ったこよりが千切れ、風船は響希の手の中に落下した。

「取れた！　ありがとうございます」

「おめでとう。じゃあ、これはおまけね」

　女はピンク色の水風船を響希にくれた。礼を言って立ち上がり、歩きだそうとしたところ、進路に男が立っていた。

「へっ？」

　思わず変な声が出たのは、響希を見下ろしたその人が真剣レンジャーのメンバー、ガチブラックの面をかぶっていたからだ。

「……俺だ」

面の下から聞こえた馴染みのある声に、響希は目を見開いた。

「……ケイ？」

「ルリオが祭りに行きたいとうるさくて……」

面をずらしたケイはあきれ顔を見せた。屋台の列から離れ木の陰に移動すると、ケイの胸ポケットからルリオが顔を出した。

「いいアイディアだろ？　これならケイの弟に姿を見られても平気だ」

はたして本当にいいアイディアか？　若干の疑問を感じつつも響希はうなずいた。

「そ、そうだね。これならただの……ただの、この上なく祭りを楽しんでいる人に見えるもんね？」

ケイは片手にミニカーの入った箱を持ち、片手にスーパーボールが入った袋を持っている。ずいぶんと祭りを満喫したようだ。

「……言っておくが、射的をやれと言ったのもスーパーボールをすくえと言ったのも、全部ルリオだからな」

言い訳がましい台詞を「わかっているよ」と受け流すと、ルリオが身を乗り出して、

「こっちだって言っておくけど、射的の二回目はケイが自発的にやりだしたんだからな。一回目で一発も当たらなかったのが悔しかったんだろ」

ケイはぐっと言葉を詰まらせた。「はいはい、楽しかったのなら何よりです」と、言い

合いになる前に間に入っておく。

「そうだ。俺たち、響希が働いているとこ、こっそり見たんだぜ」

「え、そうなの？」

響希は目を丸くした。よそ見をする余裕がなく、全然気づかなかった。

「初めてのわりに、手際良く頑張ってたじゃん」

えへへ、と響希は笑った。暑さのせいもあり疲労はかなりのものだが、その疲れに充実感を感じてもいる。

「せっかくだ。このままみんなで花火も観ていこうぜ」

ルリオの提案に、響希は「いいね」と手を合わせた。

「それじゃあ公園から少し離れようか？　一条くんに見つかる心配はなくなるし、人が少ないところのほうが、ルリオもちゃんと観られるでしょ？」

尾を引きながら駆け上った光の玉は、パッと闇に弾けて大輪の花を咲かせた。ドン、と低い音がわずかに遅れて響き渡る。

続けざまに打ち上げられた花火が夜空をさらに明るくした。ルリオが歓声を上げる。

「フゥー！　たーまやぁーっ！」

響希たちは公園から少し離れた二車線道路の歩道から夜空を見上げていた。周囲に高い建物がないため、低いところに上がった花火もよく見える。同じように空を見上げる人がちらほらといたが、みんな花火に夢中でルリオに気がつくことはない。

響希は夜空に携帯電話のカメラを向けた。小ぶりな花火があちこちで色とりどりの光を散らし、その煙を蹴散らすように打ち上がった大玉が、ひと際大きな花を咲かせた瞬間を動画に収める。次に会った時、ゆうなに見せてあげよう。

「やっぱ花火は夏の醍醐味だぜ」

ルリオはちらりと響希を見ると、

「これで響希が浴衣姿だったら、天上の花と地上の花で、最高の夜になったんだけどなぁ」

大げさなリップサービスに響希は照れる。「もう、ルリオってば」と頬を突っつけば、小鳥は「もちろん今のティーシャツ姿も綺麗だぜ」と気障に片目をつむってみせた。

「……絶好調だな、お前」

ケイのあきれたような視線を気にすることなく、ルリオは「おう、フルスロットルだぜ」と胸を張った。

「来年も花火を観に来ようよ。みんなで浴衣を着て。ルリオにもミニサイズの浴衣をちゃんと作るから」

「いいね！　俺、セクシーに着こなしちゃうぜ」

楽しげに尾羽を持ち上げたルリオとは対照的に、ケイは少しとまどったような顔をした。来年の今ごろ、自分がどうなっているのか確証が持てずにいるのだろう。

「ね？」

そう念を押すと、ケイは自信がなさそうにうなずいた。

花火の打ち上げが一時止んだ。その直後、「んあっ？」とルリオが妙な声を上げる。

「どうした？」

ケイが怪訝な顔をした。

「今、メロディが聞こえた」

えっ、と響希が驚きの声を上げる間に、ケイは緊張の面持ちで辺りを見回した。再び打ち上がった花火がバラバラと柳のような光を空に垂らす。

「どこから聞こえる？」

「ちょっと待て……」

ルリオはケイの肩によじ登り、じっと首を傾けた。その間もケイは険しい視線を周囲に巡らせる。と、ルリオが嘴を反対側の歩道に向けた。

「あっちだ！」

響希たちは信号を渡って反対側の歩道に移った。真っすぐ進めというルリオの指示に従い二十メートルほどを足早に進むと、た。


「ストップ！」

ルリオが声を上げたのは、テナント募集の看板を掲げた空き店舗の駐車場の前だった。

「メロディが鳴っているのはこの辺りだ」

花火の光に空が照らされると、ケイは「あっ」と何かを思い出したかのように声を上げた。

「そうだ。俺が中一のころ、この祭りの日に車が歩行者を撥ねた死亡事故があったはずだ」

ケイが中一ということは十七年前のことか。響希の記憶にはない事故だ。

ケイの記憶によると、被害にあったのは高校生の男らしい。祭りに行こうと友人と待ち合わせをしていた最中、歩道に乗り上げた飲酒運転の車に轢かれてしまったそうだ。

「うちの中学にも、隣の市で高校生が交通事故に巻き込まれたから夜は出歩くなという注意喚起があったんだ。だからよく記憶に残っている」

「……なぁ、この霊、ちょっとヤバいぞ。劣化が始まっている……」

「え……」

響希とケイはルリオを見つめた。

「混乱、不安、不快……。感情がめちゃくちゃのボロボロで、メロディの調子がひどくおかしい。聞いていると気が滅入っちまうよ」

ケイの表情が曇った。

「まだ間に合う状態ではあるんだよな？」

「……たぶん」

響希は携帯電話で地元新聞社のデータベースを開いた。祭りの名前、事故の起こった年、飲酒運転というキーワードで検索をかけると、記事がいくつかヒットした。

『夏祭りの悲劇　飲酒運転で高校生一人が死亡』

そんな見出しの記事を開くと、求めていた答えが現れた。

「ケイ、見て」

響希はケイに画面を見せた。その直後、連続する破裂音のわずかな空白の間に、右耳がかすかな呻き声を聞き取った。

とっさにケイの腕に触れた響希の視界に現れたのは、いつもの白っぽくぼやけた人影ではなかった。

輪郭の定まらない、黒ずんだ靄の塊。苦しげな呻き声を上げ続けるそれは、拡張と収縮を繰り返しながら蠢いていた。

劣化の進んだ霊――。苦しみの具現のようなその姿を前にし、響希はぞくりと震えた。

「広崎修也」

花火の打ち上げが止んだその時、ケイが記事に書かれていた名を呼んだ。すると、霊の変形が呻き声とともにぴたりと止む。

「君の名は、広崎修也だ」

いびつな塊が巨人の手で形を整えられるかのように、じわじわと人型へ戻っていく。それとともに黒ずみは薄れていき、黒は灰へ、灰は白へ……。そしてその白い靄でさえ、徐々に薄れて消え去った。

そうして現れたのは、ごく普通の少年だ。

薄く筋肉のついた、しかしまだ成長の余地を残した健康そのものの姿――。着ているのはスポーツブランドのティーシャツにハーフパンツ、ティーシャツと同じブランドのサンダルと、年齢によく見合っていた。短い黒髪があっちこっちに跳ねているのは、きっとワックスで整えた成果なのだろう。

また花火が打ち上がり始めた。ぼんやりとした顔の修也は、夜空を駆ける光の玉に気づいていないようだ。しかし――。

光が弾けてドンと破裂音が響いたその時、修也は悲鳴を上げ、身をひねるようにして歩道に倒れ込んだ。

「修也くん！」

響希とケイは震える修也の隣に膝（ひざ）をついた。

「車が……」

「心配するな。車はもう突っ込んでこない」

ケイがそっと語りかけた。彼の母親の命が暴走車によって奪われたことが意識にふと浮かび、響希は目を伏せた。

おずおずと顔を上げた修也は、響希たちを見返し、それから周囲をきょろきょろと見回した。

「……あれ？　え、俺……」

修也は明らかに混乱していた。状況が理解できていないのだろうが、それでも生前と今の感覚に、何か決定的な差を感じているようだ。自分の体をぺたぺたと触るようにした修也は、やがてその事実に気がつき、はっと目を見開いた。

「……嘘だ……俺、そんな……」

修也は顔を覆った。両手の隙間からこぼれ出た嗚咽は、弾ける花火の音にかき消された。

しばらくの悲嘆ののち、顔を上げた修也が示したのは疑念だった。

「ちゃんと歩道にいたのになんで車が突っ込んでくるんだよ？　なんで……なんで俺が死ぬハメに……」

答えを求めるかのように見返され、響希は言葉を詰まらせた。知るにはあまりに惨い話だ。けれど――。

「隠しておけることじゃない」

そう言ったケイは響希の手から携帯電話を取り上げると、画面を修也に向けた。――そうだ。隠しておけることではないし、隠していいことでもないのだろう。

「……飲酒運転？」

ぼう然とつぶやいた修也は携帯電話を取ろうとした。しかしその手は無情に空を切る。

「――ふざけんなよ、ちくしょう！」

修也はこぶしを宙に振るった。

「なんだよ、飲酒運転って……。俺はそんなことのせいで……くそっ！」

修也の悪態が花火の音にまぎれる。

怒りを感じるのは当然だ。若い命が、死からはるか遠いところにいたはずの命が、あまりに唐突にあまりに理不尽に奪われたのだから。

響希だって不注意では済まされない加害者の行為には激しい憤りを感じる。記事によれば加害者には懲役刑が課せられたようだが、そんな罰も悔しがる修也の前には空虚にかすんだ。

「時間通りに来ればよかったんだ……！」

後悔も露に言った修也は頭を抱え込んだ。

「琴音と待ち合わせたのは十八時だった。でも、俺、三十分以上も前にここへ来たんだ。なんか待ち切れなくてさ……。だって、あいつ、自分で縫った浴衣を着てくるとか言うんだぜ？　そんなの、一秒でも早く見たいじゃん……」

　口ぶりからすると琴音というのはただの友人ではなく恋人なのだろう。修也はデートの待ち合わせのためにここに立っていたのだ。

　恋人の到着を今か今かと待ちわびていた。どんなに愛らしい浴衣姿を見られるのかと、心を明るく弾ませながら……。

　花火の音が鳴り響く中、修也は震える声で「会いたい」とつぶやいた。

「俺、もう一度、琴音に会いたいよ……」


　中学一年生の時、同じクラスだった修也と琴音は揃って美化委員になった。二人とも希望してそうなったわけではない。学級会の際、男子で一番じゃんけんが弱かった修也と、女子で一番弱かった琴音が、一番不人気の委員に割り当てられただけのことだ。

　美化委員は毎週水曜の放課後、学校周辺のゴミ拾いをしなければならない。しかし担当教員が監視に来ることは滅多にないためさぼる者が多かった。毎週律儀に参加していたのは修也と琴音だけだ。

　教室で琴音と話すことはほとんどなかった。けれどゴミ拾いの最中は別だ。クラスメイトがいなければ、異性と話しても囃（はや）し立てられる心配はない。二人は厳しい担任への不満や、はまっている漫画の話で大いに盛り上がった。

二年生になると二人のクラスは離れた。二年次の委員会を決める際、修也は自ら美化委員に立候補した。なんとなく予感があった。

初めての清掃日、ゴミ袋をぶら下げた琴音が集合場所にいた。自分の予感が当たっていたことに、修也はひそかに喜んだ。二人はまた一年、毎週欠かさずゴミ拾いに励んだ。

せっせとゴミを分別する生真面目さが好ましかった。綺麗になった道を眺め、満足そうに笑う顔が可愛いと思った。三年生になっても二人のクラスは離れたままだったけれど、また同じ美化委員として水曜日に顔を合わせることができた。

もしかしたら……。修也は淡い期待を抱いていた。けれどどうしても勇気が出せず、自分の気持ちを伝えられないまま時は過ぎていった。

そして十二月の初めの清掃日——。霜の降るような寒い日だったのに、琴音は軍手を家に忘れてきた。それでもかじかんだ手で空き缶を拾い上げるその姿に、言いようのない感情がこみ上げた。

修也は琴音の前に自分の軍手を差し出した。受け取った軍手を手にはめた琴音は、はぁ、と白い息を吐くと、

——私、広崎くんのことが好き。

礼の代わりにそう告げた。

「だせぇ話なんだけどさ、その時はうれしさとか恥ずかしさとか自分から告白できなかった情けなさとか、いろんな感情がブワーって溢れて、ろくに返事ができなかったんだ」

　ちらりとこちらを振り返った修也は、気恥ずかしそうに肩をすくめた。

「やっと気持ちが落ち着いたのは次の日になってからだ。このままじゃいけないと思って、昼休みに琴音のことを体育館裏に呼び出した。で、改めて俺からも告白したんだよ。付き合ってください、って」

　ヒュゥ、とルリオが口笛を吹く真似をした。

「いいね、いいねぇ。まさに青春って感じ」

　修也はあはは、と照れた笑い声を上げた。琴音の実家へ近づくにつれ、気持ちも持ち直してきたようだ。

　先ほど、ケイは駐車場の前で修也が置かれている状況について説明した。すると修也は、

「魂とか劣化とか、そんなのどうでもいいよ。俺はただ、今すぐ琴音に会いたい」

と、必死な様子で答えた。

　ルリオいわく、名前を呼んだことによって劣化の進行は抑えられているが、完全に止まったわけではないらしい。早いうちに未練に決着をつけなければ、修也はまたあの状態に逆戻りし、ついには魂への浄化が叶わぬ存在になってしまう。

　もはや空に浮かぶ花火に心を向ける余裕はなかった。響希たちは修也に付き添い、琴音

の実家に向かうことにした。

住宅地を進む修也の歩調は速かった。劣化を恐れて焦っているのではなく、一刻も早く琴音に会いたい一心で逸(はや)っているようだ。十七年前、家から待ち合わせ場所に向かった時の足取りも、きっとこんなふうだったのだろう。

「あの家だ」

立ち止まった修也は一軒家を指さした。二階のベランダに、中年の男女が立っている。花火を観ているようだ。

「琴音のお父さんとお母さんだ。琴音は……」

ベランダを見回したが他に人の姿はなかった。家は一階の一部屋だけに明かりがついていて、他の部屋は真っ暗である。

「家に入って探してみたら？　あんたならばれることはないぜ？」

ルリオに言われた修也は、「えぇ」とためらいを見せた。無断で恋人の家に上がり込むのは気が引けるのだろう。

「しゃあない。そんなら、俺の本気を見せてやるか」

ケイの肩から飛び立ったルリオは、琴音の家の塀に着地すると、小さく首を傾けた。耳をすませ家の中で鳴るメロディを聞き取ろうとしているのだ。

メロディを鳴らしているのは霊だけではない。生きている人間もだ。しかし生者のメロディは霊とは違い安定してはいるものの肉体という檻に阻まれているため、ひどく聞き取りづらい。よほど意識を集中させない限り、ルリオにも聞き取ることは難しいそうだ。

　しばらくすると、ルリオがケイの肩に戻ってきた。

「琴音チャンの父ちゃん母ちゃんのメロディ以外は聞こえなかった。今家にいるのは、あの二人だけだな」

「留守なのか、あるいはもう実家には住んでいないのか……」

　ケイが顎に手を当ててつぶやいた。

　琴音は三十三歳。年齢を考えれば、後者の可能性のほうが高い気がする。それどころか……。

　響希はちらりと修也を見た。不安そうな顔をしているが、それは琴音に会えるかどうかを気にしているだけのようだ。

　十七年間あの場に留まり続けた修也の恋心は、少しも色褪せていない。けれど十七年間を歩み続けた今の琴音には、新しい恋人がいるかもしれないし、結婚さえしているかもしれない。その可能性に修也は思い至っていないように見える。

「響希、一回琴音チャンの名前をスマホで検索してみてくれよ。今時、本名でＳＮＳをやっているやつもたくさんいるだろ？」

　ルリオに言われ、響希は「そうだね」と携帯電話を取り出した。本川琴音とフルネームで検索をかけてみたが、それらしいアカウントは見つからなかった。

「うーん、ＳＮＳはやっていないみたい」

「……なぁ。洋服、ハープで検索してみてよ。ハープは英語で」

「ハープ？」

ケイが聞き返すと、修也は熱の入った口調で、

「琴音はファッションデザイナーになりたがっていたんだ。高校を卒業したらアパレル系の専門学校で勉強して、将来は自分のブランドを作りたいって言っていた。その時、考えていたブランド名がｈａｒｐ（ハープ）なんだ。もしかしたら……」

言われた通り、洋服、ｈａｒｐで検索してみる。すると、古着店のホームページが検索結果の初めに出た。

「ブランドの名前じゃなくて、古着屋さんの名前だけど……」

言いながらホームページを開く。海外で買い付けた古着を中心に販売している店らしい。アクセスマップを開いて住所を確認すると、今日響希が利用したＳ駅の前の大通りに建っていた。

「琴音の店だ！」

修也の表情がぱっと明るくなった。響希はさらなる情報を求めて店のＳＮＳを開く。

『イギリス製の七十年代ワンピースが入荷しました　レトロな花柄が素敵です　オーナー

本川』

　ワンピースの写真とともに投稿されたコメントにはそう書かれていた。琴音の店で間違いない。「やっぱり！」と修也がうれしげな声を上げた。

「自分の店を出すなんてすごいよ。頑張ったんだなぁ、琴音……」

「これで琴音さんに会いに行けるね」

　響希はほっと息を吐いた。琴音の所在がわかっただけでなく、彼女の姓が本川のままであることにも安堵していた。百パーセントではないが、琴音はまだ結婚はしていないと思ってよさそうだ。

　と、隣でケイが軽く息をついた。どうやら彼も響希と同じ不安を抱いていたらしい。

「お店、今日はもう閉店しているね。明日は……午後からオープンみたい」

　営業日のカレンダーを確認しながらそう言うと、修也は「明日」と嚙みしめるように繰り返し、夜空に目を向けた。

「明日、琴音に会えるんだ……」

　夜空に大輪の花が咲いた。少年はきっと、十六歳の恋人の姿をそこに思い浮かべているのだろう。

「あのさ、俺、自分の家にも行きたいよ。家族が今、どんな様子なのか知りたい」

修也がそう望んだため、響希たちは彼の家までやってきた。

自宅に遠慮は感じないのだろう。修也は迷うことなく玄関の扉をすり抜け、中に入っていく。

「……平気かな？」

響希のつぶやきにケイは難しい顔をした。

家族には修也の姿が見えず、声が聞こえることもない。孤独感を深めることになりはしないか心配だった。

それにもしも、家族がまだ修也の死の悲しみの真っただ中にいたとしたら……。その姿を見たら、修也自身の悲しみはより深くなるかもしれない。

花火はすでに終了したため辺りは静かだ。窓が開いているのか、修也の家からは楽しげな笑い声がもれ聞こえる。

十分ほど待っていると、修也は扉をすり抜け響希たちのもとへ戻ってきた。その表情が予想よりもずっと明るいことに響希は胸を撫で下ろした。

「みんないるんだ。お袋も親父も、兄ちゃんも姉ちゃんも。なんと、甥っ子や姪っ子までいるんだぜ。——俺、明日までここにいるよ」

「……一人で平気？」

響希の問いに修也は笑ってうなずいた。

「自分ちだぜ？　平気に決まってるよ」

「……なら、明日の昼前に迎えに来る。ｈａｒｐには開店の少し前に向かおう。ここから動かないでくれ」

「わかった。それでさ……」

修也は響希の顔をうかがうように見た。

「明日、琴音に会えたら俺がいるって伝えてくれないかな？　俺、ただ姿を見るだけじゃなくて、琴音とちゃんと話をしたい。俺の言葉を伝えてほしいんだ」

「それは……」

大切な人に自分の存在を認知してほしいと願う修也の気持ちは理解できる。しかし――。

「……琴音さんは、霊の存在を信じてくれそうな人なのか？」

ケイが聞いた。そう。問題はそこなのだ。修也の霊がいると伝えたところで、琴音が信じなかったら意味がない。修也の言葉が、響希の――霊の実在を語る胡散臭い人物の妄言と取られてしまう。

「いや、全然。あいつは幽霊どころか占いだって信じないタイプだよ。でも、これを言えば信じてもらえるだろうってキーワードがあるんだ」

「キーワード？」

響希とケイ、そしてルリオは揃って首をかしげた。

「一月三十日、市民公園の売店の裏手」

「それを言えば琴音さんは修也くんがいるって信じてくれる？」

「ま、まぁ、うん。たぶんね……」

急にまごつきだした修也に、響希は「どうして？」とさらに尋ねた。するとルリオがチッチチッチッと鳴き、

「響希、そりゃあ野暮だぜ」

「野暮？」

わけがわからず聞き返すと、ルリオは「まだまだお子ちゃまだなー」と首を振り、ケイは不自然に視線を逸らした。修也はきまりが悪そうな様子だ。

「え、何？　なんなの？」

「いや、だからさ、その日その場所で、恋人同士のロマンティックな衝突があったんだろうよ」

「ロマンティックな衝突？　――あっ！　あー……」

やっと意味を理解し二重の意味で頬が熱くなった。まさか自分が小鳥よりも恋愛面の察しが悪いとは……。

「お、俺がそういう話を他人にべらべらと話すタイプじゃないって、琴音はちゃんと知っている。だからあんたたちの口からその話が出れば、琴音も俺がいるって信じるんじゃな

いかって思うんだ」

　思うというよりも、そう願っているというような口ぶりだった。響希はケイを見やる。

「……どうする？」

　ケイはしばらく考え込んだ末、

「……彼がそう望むなら、試してみるしかないだろう。俺たちはそもそも彼の望みを叶えるために行動しているんだから」

　そう言いながらも声音が少し硬いのは、二人を引き合わせることに懸念を感じているからだろう。

　琴音と会話を交わせば、修也はより彼女への未練を強くするかもしれない。それに、修也が霊になっていると知った琴音がどう反応するかもわからなかった。

　十七年前に亡くなった恋人を前にして去来するのは、何も愛しい思い出だけではないだろう。悲しみや驚き。とまどいや困惑。琴音が受ける衝撃は大きいはずだ。彼女はそれさえも受け入れて、修也に向き合ってくれるだろうか。

「じゃあ、そういうことでよろしく頼むよ」

　しかし、やはり修也はその不安を感じていないようである。待ち合わせをした当時の気持ちのまま、恋人に会えるのを楽しみにしている。

　修也は家の中へ入っていった。響希たちは念のためそのまま半刻ほど待ったが、修也は出てこなかった。

「……大丈夫そうだな」

ケイが言ったその時、ひと際賑やかな笑い声が家から響いた。響希はじっと右耳をすませる。笑い声の中に修也の声もまじっている気がした。

「……そうだね」

二人は修也の家に背を向け、静まり返った夜の道を歩いた。

※※※

「それじゃあ、明日は十一時半にここへ来るね」

ｈａｒｐは駅から徒歩で五分ほどの距離にある。明日はケイが駅前まで修也を連れてきて、そこから響希とともにｈａｒｐに向かう手筈になった。

「じゃあな、響希」

ルリオが器用に片羽を上げると、響希は「また明日ね」と手を振り返した。その表情がかすかに曇っているのは、修也のことが気にかかっているからだろう。

ケイも修也の前向きさには少し危ういものを感じている。修也は自分と琴音の間にある隔たりに対してあまりに無防備だ。

響希は駅に入っていった。その疲れた背中をケイは見つめた。

響希をこのまま付き合わせていいのか。感じ続けていた疑念は、今日、屋台で懸命に働く彼女の姿を見て深まった。せっせとカキ氷を作り、客に笑顔を向け、晴一やアルバイト仲間たちとともに汗を流すあの姿……。

彼女が本来いるべきなのはあちら側なのだ。人でもなく死神でもない、半端な自分の隣ではなく……。

屋台で響希に気軽に声をかけていた晴一の姿が浮かび、ふと思った。

あのなんの屈託もない弟に聞かれたのなら、響希は抱えている憂いを吐き出すのではないか。

「ケイ、どうした？」

ルリオの声にはっと我に返る。「なんでもない」と答えたケイは、青い小鳥の頬を撫でた。

※※※

病院近くのショッピングモールを訪れた響希は、ゆうなへ差し入れる本を買うため書店に入った。午前中の内にゆうなを見舞い、差し入れとともに水風船を渡すつもりだ。

散々迷った末、本棚から選んだのはＳＮＳで人気の猫の写真集だ。最近、文字を読むのが疲れるようになったとゆうなは言っていた。写真集ならば、漫画や小説よりも気楽に眺められるだろう。

紙袋を抱えてモールを出る。敷地から道路に出ようとしたその時、頬にぽつりと温い雫が当たった。

雨？　こんなに晴れているのに？

頬をぬぐいながら空を見上げる。しかし視線はモールのそばに建つ立体駐車場に吸い寄せられた。

四階の手すり壁から女が身を乗り出している。上体がほとんど宙に投げ出されている状態だ。

「嘘……」

響希はとっさに立体駐車場へ駆け込みエレベーターに乗った。四階までのたった十数秒の上昇時間をやきもきしながら過ごし、扉が開くや否やフロアに飛び出す。

足音を抑えながらフロアの隅に向かうと、女は手すり壁から身を乗り出したままだった。ショートパンツから伸びた華奢な両足はフロアから離れ、一つに結んだ黒髪がだらりと宙に垂れている。女というよりも少女のようだ。まだ中学生ぐらいの年齢に見える。

声をかけるべきか。それとも一気に駆け寄って引きずり下ろしたほうがいいのか。息をのんだその時、上体を起こした少女がこちらを向いた。

「……あっ」

驚いた顔をした少女に、響希は両手を上げてにじり寄った。

「お、落ち着いて。それ以上は動かないで」

「違うんです！」

慌てたように言った少女は、手すり壁から下りてフロアに着地すると、

「そういうのじゃないんです。私、飛び降りようとしたわけじゃないんです」

必死になってそう訴えた。

「じゃあ、どうしてそんなこと……」

「……それは……あの、私、高いところが好きで……ちょっとスリルを味わいたい気分になったから……」

少女はシャツの裾をぎゅっとつかむと、気まずげに響希から視線を逸らした。

「スリルって……」

響希は少女の顔をじっと見つめた。目元が赤くなっている。先ほど響希の頬に落ちたのは、この子の涙だったのではないのだろうか。

「ほ、本当なの？　何かつらいことがあるんじゃないの？」

少女はブンブンと首を横に振った。

「本当にそういうことじゃないんです。あの、迷惑をかけてすみませんでした」

頭を下げた少女は、たっと駆けだし響希の横を通り過ぎていった。

「あ、待って！」

後を追おうとした響希を駐車場から出てきた車が遮った。慌てて立ち止まった響希を残し、少女は階段を駆け下りていった。


写真集を渡した後、水風船を二つ差し出すと、ゆうなは「わぁ、可愛い」と歓声を上げた。

「ちゃんと活きのいいやつを取ってきたよ」

「どっちが私の？」

二つの風船を見比べながらそう聞かれ、響希は首をかしげた。

「どっちって、両方ともゆうなにあげるよ」

「あ、そっか。つい……」

ゆうなは照れたように笑った。

「うちでは同じものを二つもらう時は、必ずどちらかがゆうなでどちらかがさりなのものだったから……」

真美子にそう説明され、響希はやっとゆうなの反応の意味を理解した。二つあるものならば、当然のように一方は姉の分だと思ったのか。

「バイト、どうだった？　昨日はすごく暑かったんでしょ？」

水風船を抱えたゆうなはそう尋ねてきた。アルバイトの話をしたのち、花火の動画を見せていると、窓際に座っていたゆうなの父がふいに声を上げた。

「お母さん、さりなを塾へ送る時間だよ」

「あ、そうだ」

時計を見て立ち上がった真美子は、「お母さん、いったんここを抜けるね」とゆうなに告げた。

「それじゃあ、私も今日はここで失礼するね」

響希も合わせて立ち上がった。動画を観ている時、ゆうなは何度か目をしばたたかせていた。疲れを感じ始めているようだ。

「来てくれてありがと。差し入れと、これも」

ゆうなは水風船を掲げてみせた。響希はゆうなと彼女の父親に別れを告げ、真美子とともに病室を出た。

「響希ちゃんはバスで家へ帰るつもりなの？」

ナースステーションの前でそう聞かれ、響希は「いいえ」と首を振った。

「これから行くところがあるので、いぶき駅に向かいます」

「だったら駅まで車で送っていかせて。どうせ通る道だから、遠慮しないで」

「それじゃあお言葉に甘えて。……あの、さりなちゃんも病院へ来ているんですか？」

「うん。響希ちゃんが来る三十分ぐらい前はラウンジにいたんだけど、外の空気を吸ってくるって言って出ていっちゃった。今は……」

真美子は携帯電話の画面に目を向けると、「もう駐車場の車の前にいるみたいね」と答えた。さりなからそうメッセージが送られていたのだろう。

「さりなちゃん、今日もゆうなに会おうとはしなかったんですね……」

「そうなの。いっそのこと、無理やりにでも引っ張っていったほうがいいのかな……」

冗談めかした口調だったが、その表情は深刻だ。

なんと答えればいいかわからず、響希は黙ってエレベーターのボタンを押した。


駐車場に入ると真美子は赤い軽自動車に近づいた。フロント側に立つ人影に向け、「さりな」と呼びかける。

「遅いよ」

車の陰からひょいと顔を出したさりなは、はっと目を見開いて響希を見つめた。

きっと自分もさりなと同じ表情をしているに違いない。響希はそう思いつつも飛び出しかけた驚愕の声をぐっと飲み干した。

「この子がゆうなの姉のさりなよ」

真美子が言った。響希は「初めまして」とぎこちなくさりなに頭を下げた。

「……初めまして」

緊張の面持ちでそう返したのは、立体駐車場の手すり壁から身を乗り出していたあの少女であった。


電車に揺られながら、響希はさりなのことを考えた。

いぶき駅までの道中、車の後部座席に乗った響希とさりなの間には微妙な空気が流れていた。真美子はそれを初対面ならではの緊張感だと思ったようで、あれやこれやと話題を出し、会話の仲立ちに努めていた。

駅前に到着すると、響希は礼を言って車から降りた。駅に入ろうとしたところ、背後から「待ってください」と呼び止められた。振り返ると、車を降りたさりなが響希を追ってきていた。

「さっきのこと、親には言わないでください」

響希の前で立ち止まったさりなはそう言った。

「ただでさえゆうなのことで大変なのに、余計な心配をかけたくないから」

「でも……」

重い病を抱えた妹は死の淵にいる。そんなさりなの状況を考えれば、「スリルを味わいたい」だなんて言葉はなおさら信じられなかった。放っておくには気が引けるような、危ういものを感じ取ってしまう。

「本当に飛び降りようとしていたわけじゃないんです。私は、ただ……」

さりなは目を伏せた。響希が「ただ？」と聞き返すと、

「……本当に違うんです。信じてください」

さりなはくるりと踵を返し、車に戻ってしまった。

ただ、の後に続く言葉はなんだったのだろう。考えても当然答えは浮かばないまま、電車はS駅に到着した。

昨夜ケイと別れた駅前の広場に向かうと、待ち合わせより早い時間にもかかわらず、すでにケイが立っていた。

「ケイ」

呼びかけて手を振るとケイはこちらを見た。しかし太陽の光が眩しかったのか、ふいと視線を下に向ける。

響希はケイに近づいた。改めて「おはよう」と声をかけると、今度はちゃんと返事が返

ってきた。ルリオが「おっす」とポケットから顔をのぞかせた。

「修也くんは？」

ケイはちらりと自分の隣に視線を向けた。彼の腕に触れその視線を追うと、修也の姿が見える。

どうも、と小さく頭を下げた修也の様子は、昨夜別れた時と変わらなかった。

「修也くん、昨日は大丈夫だった？」

修也は「へ、何が？」と不思議そうな顔をした。

「家族のそばで過ごすこと、つらく感じる部分もあったんじゃないかと思って……」

「あぁ……」

修也は頭をかきながら目を伏せた。

「自分の存在に気づいてもらえないのはさみしかったし、仏壇に自分の写真が飾ってあるのを見るのは結構きつかった。でもさ……」

顔を上げた修也はにっと笑った。

「お袋も親父も兄ちゃんも姉ちゃんも、みんなちゃんと笑っていて、ちゃんと幸せそうだった。その姿を見られたのは……うん、よかったと思う。そこは安心できたよ」

「そっか……」

「たぶんさ、家族がまだ俺の死を引きずっているようだったら、そっちのほうがしんどかったと思うんだ」

修也は駅前の大通りに目を向けた。この道の先には琴音の店がある。

「忘れてほしくはない。けれど、いつまでも悲しんでいてほしくもないんだ」

ｈａｒｐに到着したのは十一時半になる前だった。開店準備中らしく、扉にはまだｃｌｏｓｅｄ（クローズド）の看板がかけられている。

響希たちは窓から店内の様子をうかがった。てきぱきと掃除機をかける男性店員の姿が見えたが、どうやら彼以外に人はいないようだ。

「琴音、休みなのかな……」

修也がそわそわと体を動かした。その時、ふいに「すみません」と背後から声が聞こえた。

はっとして振り返ると、自転車に乗った女がこちらを見ていた。

「今日の営業は臨時で十二時からなんです。人手が足りない状況なもので……」

窓辺に張りつく響希たちを客だと思ったらしい。そう言いながら自転車を降りた女はレトロな花柄のワンピースを着ていた。もしかしたらこの人が……。

「琴音……」

修也は目を見開き、十七年ぶりにまみえた恋人の姿に見入っていた。

「……あの、ｈａｒｐのお客様ですよね？」

沈黙する響希たちを不思議に思ったのか、わずかに首をかしげた琴音は頬に垂れた髪を耳にかけた。その時、「指輪」と修也がつぶやく声が聞こえた。

「え？」

修也を見ると、その視線は琴音の左手に――輝くダイヤの指輪がはまった薬指に――注がれていた。

一目でただのファッションリングではないとわかる品だ。小さいながらもきらめきを放つ一粒石が立て爪に囲まれている。婚約指輪と聞いて多くの人がまずイメージするのは、こういうデザインのものだろう。

「琴音、結婚するのか？」

問いかけた声は動揺も露だ。琴音は黙りこくる響希とケイを怪訝な顔で見比べた。

「……左手にはめているのは、婚約指輪ですか？」

しぼり出した響希の問いに、琴音は「え？」ととまどった素振りを見せた。

「あの、素敵な指輪だから気になってしまって……」

そう付け足すと、琴音は安心したように微笑(ほほえ)み、

「ありがとうございます。ええ、そうです。婚約指輪なんです」

その視線が窓の向こうで掃除機をかける男へ向いた。

照れた笑みを見れば、察しの悪い響希にだってわかる。指輪はあの男の人にもらったものなんだ……。

「なんだよ、それ……」

低くつぶやいた修也は、くるりと琴音に背を向け歩きだした。

「す、すみません。失礼します」

琴音に頭を下げ、慌てて修也を追う。名前を呼んでも修也は止まらず、うつむいたまま速足で進んだ。

背後を振り返ると、自転車を店の横に止める琴音の姿が見えた。

もはや響希たちのことは気に留めていない琴音は、薬指の指輪を光にかざすと、軽い足取りで店に入っていった。

商店や郵便局が立ち並ぶ通りに出ると、修也はやっと立ち止まった。

「……俺たちは毎週、この辺りを清掃していたんだ」

修也は通りを見渡しそう言った。ならば郵便局の奥に見えるあの学校らしき建物が、彼らが通っていた中学校なのだろう。

「……ねぇ、琴音に伝えてよ。結婚なんてするなって。俺がそう言っているって」

深刻な声音に響希もケイもわずかにたじろいだ。修也がハハ、と自嘲(じちょう)する。

「引いてるね。自分でもわかってるよ。クソみたいに最低なことを言っているって……。でも、どうしても嫌なんだ……」

唇を噛む少年の姿をケイは悲しげに見やった。

「その願いを伝えれば……それで琴音さんが結婚をやめれば、君は納得できるのか？」

「わかんねぇよ、そんなの！」

修也は挑むように響希とケイを見た。

「むしろ俺が聞きたいよ！　十六で酔っ払いの車にひき殺されたやつが、どうすれば自分の死を受け入れられるっていうんだ？　何をすれば、この怒りや苦しみが晴れるっていうんだよ！」

何も言葉を返すことができない。修也が受けた理不尽の前には、どんな慰めも励ましも無価値で空虚な代物(しろもの)に成り下がる。

「俺のはずだったんだよ、大人になった琴音の隣にいるのは！　あいつは今ごろ、俺があげた指輪をはめていたはずなんだ！　なのに……なのにっ……！」

地面を蹴りつけるようにした修也の姿が、ほんの一瞬だけ映像が乱れたかのようにゆがんだ。はっとして隣を見ると、「劣化の影響だ」とルリオがつぶやいた。ケイが表情を険しくする。

修也は自分の変化に気づかなかったようだ。何度も地面を蹴りつけたのち、やがて力尽

きたようにうなだれると、

「……家族が元気にしている姿を見た時は、本当に安心できたんだ。だから琴音と少しでも一緒の時間を過ごせれば、それで満足できるだろうって思ってた。――でも、違った。嫌だ、やめてくれ、他の男となんか幸せにならないでくれ。そんな自分勝手な感情ばかりがわいてくる。琴音の幸せのためには自分が身を引くべきだっていうのはわかっているのに、そんなクズみたいな考えばかりが出てくるんだよ……。ほんとに俺、どうしたらいいんだろう……」

泣きだす寸前の顔でつぶやかれた言葉に、ケイが肩を震わせた。

響希はケイの顔を見上げる。修也を見つめるその瞳は、迷うように揺らいでいた。


二十時を過ぎた。修也はｈａｒｐの窓辺に立ち、琴音が働く姿を見つめ続けている。

これまで修也は何度か店の中に入ろうとした。しかしそのたび、扉の前で足を止めふるふると首を横に振った。

結婚なんてしないでくれと縋りつきたい気持ち。このまま自分が黙って身を引くべきだという思い。二つの反する感情が、修也の中で激しくせめぎ合っているようだ。

修也だってわかっている。修也が懇願したところで、琴音が結婚を取りやめるとは限らず、むしろその可能性は低いだろうということは。そしてたとえ琴音が結婚を止めたとしても、触れ合うことも話すこともできない二人の先に幸福がないだろうとも理解している。

琴音が自分の幸せを捨てるような選択をすれば、むしろ修也の苦悩は深まるだろう。真の満足を得られるはずもなく、魂へ変化することもない。彼の劣化は進み、やがて琴音のことさえわからない存在になり果ててしまう。

「もしも……」

ふいにケイがつぶやいた。

「もしも修也くんが琴音さんの結婚を止める道を選んだら、俺は無理にでも彼の重石を取る」

「でも、それじゃあケイのノルマが……」

ルリオが途中で口をつぐんだのは、修也の心情を思ったからだろう。強制的に取られた重石はノルマの足しにほとんどならないぐらい軽い。しかしもはや、そこにこだわっていられる状況ではないのだ。修也の劣化は刻々と進んでいる。

「霊を未練から解き放つのが俺の役目だ。彼にはもう時間がない」

もはやケイの瞳は揺れることなく、強いものが宿っていた。修也のために、琴音のために、自分が重荷を引き受ける気でいるのだ。

きっと選べる中ではそれが最良の道なのだろう。修也はケイの手によって未練を断ち切られ、琴音は何も知らぬままに結婚する。——でも、ケイは？

果たせぬ未練の苦悩を一人で背負ったケイのことは、誰が救ってくれるのだろう。

「ケイ、その時は……」

ケイの腕をつかむ手に力を込めたその時、店から琴音が出てきた。響希とケイはとっさに建物と建物の間に隠れる。

「それじゃあ店締め、よろしくね」

店内にそう声をかけた琴音の服装は昼に会った時と違っていた。白地に向日葵（ひまわり）の柄が入った浴衣を着ている。

琴音は通りに出た。修也は去っていく彼女の後ろ姿をぽかんとした顔で見送っている。

「修也くん」

近づきながら声をかけると、修也ははっとしたように琴音を追った。響希たちも後に続く。

「祭りって今日もやっているのか？」

ポケットから顔を出したルリオに、響希は「ううん」と首を振った。

「市民公園のお祭りなら、昨日で終わりだよ」

しかしわざわざ浴衣を着て出かけるということは、どこか別の場所で開かれている祭りかイベントに行くのかもしれない。そう考えたのだが、十分ほど歩き続けた琴音が入っていったのは市民公園だった。

屋台の光に明るく照らされ、多くの人で賑わっていた昨日とは打って変わって公園内は暗く静かだ。琴音は携帯電話の明かりを頼りに公園の奥へと進んでいった。

一体何をしに来たのだろう。考え込んだ響希は、はっとして修也を見た。

修也はたっと駆けだした。琴音に追いつくと、歩幅を合わせて彼女の隣を歩く。

「今日は修也の命日だ」

ケイのつぶやきに響希はうなずいた。十七年前と今年とでは第二土曜の日付が一日ずれている。

ならば琴音がここへ来たのは修也の供養のためなのだろう。もしかしたら今着ている浴衣は、十七年前に着ていたものと同じなのかもしれない。

売店が見えた。琴音と修也はその裏手に回り込む。響希たちは建物の陰からこっそりと様子をうかがった。

琴音は空を見上げていた。薄く雲がかかった空は暗く、星の一つさえ見えない。

けれど琴音の目にはきっと、あの日恋人と観るはずだった花火が鮮やかに浮かんでいる。

琴音に寄り添う修也は、空ではなく彼女の横顔に見入っていた。琴音のすべてを目に焼き付けるかのように、じっと……。

「離れよう」

ケイのささやきに響希はうなずいた。この光景をのぞき見続けるのは、それこそ野暮というものだろう。

記念碑の陰から売店を見守ることおよそ半刻。売店の裏から姿を見せた琴音は、涙をぬぐう素振りをした。その薬指にダイヤの指輪ははまっていない。

ケイの腕に触れる。歩き始めた琴音のそばに修也はいなかった。琴音が遠ざかったのち売店の裏に回り込むと、修也がうつむいていた。

「琴音、指輪をしてなかった」

暗闇の中、修也はぽつりとつぶやいた。

「指輪を外して、浴衣を着て……あいつ、毎年俺のためにここへ来ているのかな。まいっちゃうよな。そんなことされたら、ますます……」

ぐっと言葉を飲んだ修也は、自分の両手を見下ろした。

「あいつ、泣いていたんだ。なのに俺はその涙をぬぐってやることができなかった……。ほんと最低だよな」

泣き笑いの表情で修也は両手をだらりと下げる。

「そんなことさえしてやれないのに、俺、まだ未練がましく自分があいつのそばにいたいと思ってるんだぜ？　誰にも渡したくないと思ってる。琴音を幸せにすることなんて、俺にはもうできないのに……」

一途な恋心と表裏一体の執着心と独占欲。十六歳の恋人たちの間にあった時ならば、その欲ですら宝物のようなきらめきを放っていただろう。

「……俺、嫌だよ。好きだった子の不幸せを願うクズになんてなりたくない……」

修也の頬を涙が伝った。魂への変化のためでなく悲しみのために溢れた雫は、地に落ちる前に霧散し消え去った。

まるで自らの存在を許さぬかのように、跡形もなく。

「……助けて」

修也はケイに向かって手を伸ばした。その姿がまた一瞬、ぐにゃりとゆがんだ。

「自分ではどうしようもないんだ。お願いだよ。助けて」

修也にとって最も尊いはずの感情は、もはや彼を苦しめる呪いの鎖となった。決して自ら断ち切ることはできない強固な呪縛に――。

「俺は、あいつが好きになってくれた俺のままでいたいんだ……」

「……わかった」

静かな、しかし決然とした声が響いた。

安堵したように目を閉じた修也に向かって、ケイが歩きだす。

その場に取り残されそうになった響希は、ケイの腕をつかみ直して歩調を合わせた。そっと見上げた横顔は厳しさと悲しみの両方を湛(たた)えている。

立ち止まったケイは修也の胸に右手を伸ばした。指先が沈み、手首までがずぶりと飲まれると、ケイはかすかに顔をしかめた。

響希はケイの腕から手を離した。その瞬間、修也の姿は消え、宙をつかむケイの手が見える。

孤独なそのこぶしに手を重ねると、再び修也の姿が目の前に現れた。ケイが驚いた様子で響希を見下ろした。

修也の体の内は温かくも冷たくもなく、快も不快も感じさせない。響希にわかるのは、ケイの手の骨ばった感触と冷たさだけだ。

「放せ」

焦りと困惑を滲ませケイは言った。

「こんなことまで、あんたが背負う必要はないんだ……！」

「拒まないで」

響希はケイの手をより強く握った。

「私はケイと一緒に背負いたいの。お願い、振り払わないで」

響希には彼が背負わなくてはならぬものを消し去ることはできず、その役目を代わることもできない。

ケイを救うことはできない。ならばせめて、その重荷を分かち合わせてほしかった。

私たちは流れる時間も過ごす場所も違う。でも、そうやって背負うものを分け合い、支え合って同じ道を進むことはできるはずだ。

「お願い」

懇願を込めて見返すと、ケイは何かに耐えるように奥歯を噛みしめた。

「……取るぞ」

体の強張りを解き、ケイはそう言った。こくりとうなずいた響希は、ケイと呼吸を揃えて修也の胸から手を引く。

開かれたケイの手のひらには小さな黒い珠がのっていた。

「ありがとう」

かすかに笑った修也の体が白く光り始めた。その変容に呼応するように、黒い珠からすっと色が抜けていく。

重石が完全に透き通るのと、発光が収束し、淡い光の玉が姿を現したのはほとんど同時だった。

修也の魂はリードから解き放たれた子犬のようにぴょんぴょんと飛び跳ねると、ケイの目の前に浮き上がった。

重石をにぎりしめたケイは、詫びるかのように、あるいは祈るかのように、魂へそっと額を寄せた。

※※※

公園の出入り口に純平（じゅんぺい）が立っていた。驚いた琴音は小走りで純平に近づいた。

「迎えに来てくれたの？」

「うん。暗いから心配でさ。店締めはちゃんと終わらせてきたよ」

先月、アルバイトの一人が病気を抱えた父親に代わり家業を継ぐことになり、急に店を辞めてしまった。純平にはその穴埋めとして、どうしても人手が足りない時の営業を手伝ってもらっている。

琴音がｈａｒｐをオープンさせたのは四年前だ。駆け出しの鞄（かばん）職人であった純平が、自分の製品を店に置いてくれないかと営業に来たのは、その直後のことだった。

丁寧に作られた鞄にも、それを必死に売り込もうとする純平の懸命さにも好感を抱いた。最初は仕事のみの関わりだったが、お互いの仕事の悩みや展望を話し合っていくうちに距離は縮まり、一年ほどで交際に発展した。

付き合い始めた当初は、自分より五つも年下の純平との関係が長く続くとは思っていなかった。――ましてやプロポーズされるなんて……。

琴音は指輪のはまっていない薬指に視線を落とした。プロポーズされたのは二カ月前、その日、国内のコンペに出していた鞄が銀賞を獲ったと連絡が入ると、純平は「おめでとう」と喜ぶ琴音の前に指輪の入った箱を差し出した。受賞できたら結婚を申し込むと前々から決めていたそうだ。

素直にうれしかった。実のところ交際が長くなるにつれ、琴音の中でも純平とずっと一緒にいたいと願う気持ちは膨らんでいた。

「今日は涼しいね。そろそろ夏も終わりかな」

歩きだした純平は名残惜しそうにつぶやいた。「そうかもね」と琴音はうなずいた。

純平には修也のことを……高校時代の恋人が事故で亡くなったことを話してはいない。けれど、なんとなく事情を察している節はあった。

毎年の夏の終わり、年齢に合わない柄の浴衣を着て一人で公園に出かける琴音の慣習について、純平が疑問を挟んだことはない。今日だって何も聞かずに店締めを引き受けてくれた。琴音の家族や友人から、それとなく話を聞かされたのかもしれない。

「そろそろ来春の作品に取りかからないとな。後でデザインの相談に乗ってよ」

「まかせてよ。来年からは古着だけじゃなくて、自分がデザインした服も置いてみるつもりなの。純平の鞄とのコーディネートで、合わせて売れればいいなと思っているんだけど……」

「それ、いいね」

純平はぱっと表情を明るくした。その笑顔を見て琴音は覚悟を決める。

――もう、今年で終わりにしよう。

どこかで踏ん切りをつけなければならないと思いながら、十七年もずるずると続けてしまった。けれどもう、暗い夜空に修也と観るはずだった花火を重ね、一人涙を流すことはやめにする。

琴音は鞄作りについて熱心に語る純平の横顔を見つめる。私はこの人と結婚するのだから。今の私は、この人を愛しているのだから……。

修也のことを忘れるわけじゃない。初めて私が好きだと伝えた男の子のことを、初めて私を好きだと言ってくれた男の子のことを、忘れられるはずがない。

軍手を貸してくれた時の気恥ずかしそうな顔、琴音が告白した時の慌てぶり、告白し返してきた時の鼻息の荒さ、初めてキスをした時の唇の感触。ちゃんと全部、心の中の宝箱にしまってある。

その蓋を開けるのは、たとえば祭りの最後の花火が打ち上がり、花を散らすその瞬間まで――。

その時、琴音は修也との甘やかな記憶に想いを馳せる。その時だけは、彼の恋人に戻る。それぐらいは許されるのではないか。許していいのではないだろうか。

ふと琴音は立ち止まり、夜の公園を振り返った。

「どうしたの？」

「……なんだか、小鳥の鳴き声が聞こえた気がして……」

琴音は耳をすませた。やはり、公園から高く美しいさえずりが聞こえる。しかし純平は
「気のせいだよ」と笑った。

「こんな夜に小鳥は鳴かないさ。行こう」

純平に手を引かれ、琴音は再び歩き始めた。――ううん、やっぱり聞き間違いじゃない。

かすかに響く清らかなさえずりは、夜風に煽られた葉擦れの音とともにハーモニーを奏でているようだった。

琴音は少しだけ歩く歩調を緩めた。コツコツと鳴る下駄の音がハーモニーに合わさり、
夜の楽団の一員となるように。

※※※

ｈａｒｐの照明はすでに落ちていた。小さく息をこぼした響希は、先を歩くケイの後を追った。

透明な重石は、ばね秤の指標の位置を少しも変えはしなかった。

それでも自分たちの行いに価値がないとは思わない。それを否定するのは、自分の願いよりも恋人の幸福を優先した少年の決意を否定することになる。

修也の真実の望みを叶えることはできなかった。でも、彼が最も望まないことを防げた。自分たちはそれを救いにして歩いていくしかないのだろう。

響希はケイの背中を見つめた。修也の魂を送って以来、ケイはほとんど口を利いていなかった。彼は響希の行為をどう受け取ったのだろうか。

駅に着き、ケイとルリオに別れを告げる。構内へ入ろうとしたその時、ケイが「あの」と響希を呼び止めた。

振り返ると、ケイはキャップのつばに手をやりうつむいた。

「ケイ？」

「……あんたは霊の声に耳を傾ける。でも、あんたの声は誰が聞くんだ？」

響希はまばたいた。目を閉じた一瞬の暗闇に浮かんだのは、やつれたゆうなの姿だった。

「俺では不足だろうか……」

キャップのつばを押し上げたケイは、響希の目をじっとのぞき込んだ。

「あんたが俺にそうしたように、俺にもあんたが背負うものを分けてほしい」

その途端、ずっと抑えていたものが堰(せき)を切ったように溢れ出る。

うぅっ、と嗚咽をもらすと、通行人がぎょっとしたように響希を見た。響希は柱の陰に入り、顔を覆った。ダメだ。こんな場所で、こんな時に……。そう思うのに、声が、涙が、堪えられない。

「……ごめん、急に……こんな……」

何も悪いことなんてしていないのに。つらい治療に耐えたのに。まだ十一歳なのに、こんなこと……。

ひどい。残酷だ。あんまりだ。やり場のない思いが体を震わせる。寒い。まだ夏だというのに手足が凍えていくような気がした。ぬぐったそばから涙がこぼれる。悲しみの海に飲み込まれ、溺（おぼ）れそうになる。

「どうしよう、止まらない……」

「止めなくていい」

ケイは響希に近づいた。かぶっていたキャップを取ると、それをポンと響希の頭にかぶせてつばを押し下げる。

「止めなくていいんだ」

暗くなった視界の中、肩に柔らかく温かな感触があった。視線を下げると、羽毛を膨らませたルリオが、首筋に寄り添うようにしていた。

響希は優しい暗がりの中で、ただ涙をこぼした。

溢れるままにしておくと、感情の奔流は少しずつ治まっていった。

響希はごしごしと目元をこすり、息を整える。キャップのつばを上げると、響希の姿を隠すかのように立つケイの背中が見えた。

「あのね、ケイ……」

振り返ったケイに、響希はゆうなのことを語った。母親が響希のためにゆうなの再発を隠そうとしていたことも。

すべてを聞き終えたケイはうなだれた。

「つらい話だろうな。誰にとっても……」

「うん……」

うつむいた響希の肩から、ケイはルリオをつかみ上げた。

「うおっ？」

手のひらの上でころりと仰向けにされたルリオがぱちぱちとまばたきした。

露になった白い腹を差し出され、響希は困惑する。ケイは黒い毛と白い毛の境目辺りを指で示すと、

「ここ、香ばしい匂いがするんだ」

と、妙に生真面目な顔でそう言った。

どうやら嗅げと言っているらしい。響希は見るからに柔らかそうな羽毛に鼻を近づけて

みた。炒った穀物のような匂いがほんのりとする。

「本当だ、いい匂い。落ち着く……」

「おーう、いくらでも嗅げ。少しは元気が出るだろ」

ルリオはばさりと両翼を広げると、羽毛をよりふっくらと膨らませた。

思わず笑いがこぼれる。香ばしく甘やかな匂いに、心の強張りが解かれてゆく気がした。


夏休み最後の日。ゆうなの病室の扉をノックしようとしたその時、中から激しく咳き込む音が聞こえた。

「ゆうな?」

扉を開くと、ペットボトルを持ったゆうなが胸を押さえていた。真美子はいない。響希は急いでベッドに近づき、ゆうなの背中に手を置いた。

「大丈夫?　看護師さんを呼ぶ?」

「へ、平気……。水を飲もうとして、ちょっとむせただけだから……」

響希は息も絶え絶えに言ったゆうなの手からペットボトルを受け取ると、ぐったりとした体をベッドへ寝かせた。咳き込むだけで相当体力を使ってしまったようだ。

「今日はお母さん、来てないの？」

日曜の午前、いつもなら真美子が寄り添っている時間帯だが、ラウンジにも彼女の姿はなかった。

「今は別室で先生と話している。私を家に連れて帰れるか、相談をしているみたい」

真美子は家族で過ごす時間をなるだけ増やしたいのだろう。しかしゆうなは、

「私は病院にいたほうが、気が楽だって言っているんだけどね。さりなと顔を合わせたくないし……」

「顔を合わせたくない？」

姉に会えないことをさみしく思いながらも、姉を気遣い自分の気持ちを押し殺している。

響希はゆうなの気持ちをそう推し量っていたのだが、少し違ったのかもしれない。

ゆうなは響希から視線を逸らした。自分の気持ちを正直に話していいものか、ためらっているようだ。

響希は椅子に座った。布団から出たゆうなの手をそっと握ると、ゆうなはやっと口を開いた。

「……っていうか、合わせる顔がないって感じかな」

「どういうこと？」

「だって、私……」

ゆうなの瞳がじわりと潤んだ。

「……私、さりなからいろんなものを奪っているんだよ？　お母さんやお父さんの関心とか、一緒に過ごす時間とか……」

ゆうなはちらりとサイドテーブルに目を向けた。そこにはしぼみ始めた二つの水風船が並んで置いてある。

「私が初めて入院した年、さりなは自分の誕生日会をちゃんと開いてもらえなかったの。私の治療がきつい時期で、お父さんもお母さんも私に付きっきりだったから。小学校を転校することになったのも、私が原因。さりなは仲の良い友達と別れなきゃならなかった」

益子家はゆうなの入院を機に大学病院近くのマンションに引っ越した。もちろん、ゆうなの看病を考えてのことだ。

「さりなって怒りっぽいんだよ。私がさりなのスカートをちょっとはいてみただけでも、わぁわぁ言って大変だったの。なのに、転校したことや誕生日会が潰れたことに文句を言われたことは一度もない。去年のクリスマスだって、私の再発が判明したせいで一気にお祝いムードじゃなくなったけど、さりなは少しの不満も見せなかった。ただ私を心配してくれた……」

ゆうなは天井を見つめ、姉への想いを吐露する。

「私、前に入院していた時は、自分がさりなから何かを奪っているなんて気づいていなかった。自分が世界で一番かわいそうな女の子だと思っていた。でも、さすがにこの年になったらわかるよ。さりなのほうが、私よりももっとかわいそうなんだよ。私が苦しいのはそのうち終わるけれど、さりなにはこの先ずっと、妹を病気で亡くした苦しみがついて回るんだもん」

その瞳に宿った悲しみと諦観(ていかん)の色は十一歳の少女にはあまりに不釣り合いだ。ゆうなはまだ、暗い海の中を一人で漂っている。

「私はさりなに自分が弱っていく姿を見せたくない。これ以上、さりなを傷つけたくないの……」

そう言ったゆうなは目を閉じた。沈黙の末、やがて寝息が聞こえ始める。

ゆうなの手を布団の中に戻した響希は静かに病室を出た。彼女が一番に求めているものが、やっとわかった。

もしかしたらと予想した通り、さりなは立体駐車場の四階にいた。身を乗り出してはいないものの、手すり壁からぐっと首を伸ばして地面をのぞき込んでいる。

近づく足音が聞こえたのか、さりなははっと首を回した。響希を見ると少し驚いた顔になる。

「今、ゆうなの病室に行ってきたところなの」

さりなの隣に立った響希は、手すりに止まる蝉を見つけた。雌なのだろうか。鳴き声を上げもせずじっと佇む青緑色の姿は、よくできた彫像のようにも見える。

「……やっぱり、ゆうなに会う気はない？」

さりなは答えず、眼下に広がる灰色のコンクリートを挑むように見つめた。

ゆうなに会いたくないと思うのも、さりなに姿を見せたくないと思うのも、相手を大切に思えばこそだ。互いを想う二人をこのまま別れさせてはいけないと思う。

「ゆうなに会うのがつらい気持ちは理解できる。でも……」

「どういう気持ちでしたか？」

唐突に投げかけられた問いに、響希は首をかしげた。

「ゆうなと同じ病気だったんですよね。命を落とす可能性もあったんでしょ？　その時、どんな気持ちでしたか？　怖いっていうのは、私にもわかります。でもそれって、どんなふうに怖いんですか？」

矢継ぎ早な問いには必死さが滲んでいた。だが、本当に聞きたいのは響希の答えではないのだろう。

「……入院している時、自分の命が危うい実感はあまりなかったの」

疑うような視線を向けられ、響希は困り笑いを浮かべた。

「だって十四歳だったんだよ。それまでは大きな病気なんてしたことなかったし、風邪だってあんまり引かないタイプだった。もちろん命をなくす可能性のある病気だとはわかっていたけど、自分は治るだろうって勝手に思っていた」

むしろ、年を重ねた今のほうが不安を感じているのかもしれない。常に意識にあるわけではないが、たとえば夜中に目覚めた時、歯を磨いている瞬間、バスの座席から外の景色を眺めている時、そんな日常のふとした瞬間にじわりと胸に闇が沁みるような気分になる。

「……そうなんですか。私はてっきり、ゆうなと響希さんは気持ちを理解し合えるから、気兼ねなく話せるんだと思ってた……」

さりなのつぶやきには、さみしげな響きがあった。

「さりなちゃんがここから身を乗り出していたのは、ゆうなの気持ちを知りたいからだったんだね？」

響希は再びコンクリートを見下ろした。ここからあの無機質の塊に身を投げ出せば、間違いなく命を落とすことになる。さりなが身を乗り出していたのは、死の淵に立つ者の眺めを見ようとしていたからだ。妹の心に近づきたい一心で。

「……急に、ゆうなが遠くにいってしまったんです」

その時、どこかで蝉が鳴き始め、手すりの蝉がかすかに身じろいだ。

「泣き虫だったんです、ゆうなは。入院する前は、私が勝手にゆうなのプリンを食べたぐらいで、びぃびぃ泣いていた。それなのに治療の効果が出ないとわかったら急に覚悟を決めました、みたいな顔をしだして……。一番つらいのは自分のはずなのに、親や私を気遣って、弱音も全然吐かないようになった……」

ぽたりと手すりに雫がこぼれた。

「私、ゆうなのことが何もわからない。妹なのに、ゆうながどんなことを考えているのか、どんな感情を抱いているのか、全然わからなくなっちゃった……。ここから身を乗り出せば、少しは死に向かうあの子の気持ちに近づけるんじゃないかと思ったんです。でも全然駄目。そんな真似事をしたぐらいでは、自分の命が削れていく不安も恐怖も理解できない……」

次いでこぼれた涙は、風にさらわれどこかへ消えた。さりなはうつむき鼻をすする。

「こんななのに、ゆうなに会えるわけがない。どんな顔であの子に会えばいいのかわからない。なんて言えばいいのかもわからない。何を言っても何をしても、ゆうなを傷つけてしまいそう……」

「……ゆうなは、自分がさりなちゃんからいろんなものを奪ってしまったって苦しんでいた」

顔を上げたさりなは「え？」と響希を見返した。

「自分の病気のせいで、誕生日会を潰してしまったことや転校させてしまったことを悔やんでいた。両親の関心や時間を自分が独り占めしてしまっていることを申し訳なく思っているようだった」

「そんなこと、私は気にしてない！」

「だったら、その気持ちをゆうなに伝えたらいい。あなたの言葉で、あなた自身が」

さりなははっと目を見開いた。

「この前、ゆうなに水風船を二つあげたの。そしたらゆうな、当然のように『どっちが私の？』って聞いてきた。ゆうなの中には、いつだってさりなちゃんがいるんだよ。そんな人に会いに来てもらえないのは、やっぱりさみしいよ。そんな人に合わせる顔がないと思っているのは苦しいよ」

私ではない。ゆうなが本当に手を握ってほしいのは、仲良しのお姉ちゃんなんだ――。

そしてきっと、今のさりなに何より必要なのは妹なのだろう。

「気持ちをうまく言葉にできないのなら、ただそばにいるだけでいい。手を握ってあげるだけでいい。それだけで通じるものが……」

風船を空に放つケイの横顔が、顔を伏せた母の姿が、ふと脳裏に浮かんだ。

誰もがひとりぼっちの海を抱えている。手を取り合い寄り添い合い、互いの存在をアンカーにしなければ高い波を越えられない。

「……きっとあるはずだよ」

「……でも」

迷ったように視線を彷徨(さまよ)わせたさりなの手を響希は取った。さりなが一歩を踏み出せるように。姉妹が気持ちを通じ合えるように。

願いを込め少女の華奢な手をぎゅっと握りしめると、さりなはその感触を噛みしめるかのように目を閉じた。

「……私」

まぶたを開けたさりなは、響希の手を強く握り返した。その時、手すりから蝉が飛び立った。

会いに行くのだろう。どこか遠くにいる未来の伴侶(はんりょ)のもとへ、彼の声だけを頼りにして――。

重い体を持て余すかのような飛び方は、優雅でも軽やかでもない。しかしその懸命さに突き動かされたかのように、さりなは響希の手を放した。

さりなはフロアを駆け抜け階段に向かった。その背中を見送った響希は、手すり壁に向き直った。

蝉の姿はすでに消えていた。鳴き声もいつの間にか止んでいる。

響希は夏の終わりの青空を見つめ、彼らが無事に出会えたことを祈った。

※※※

扉の隙間から病室をのぞくと、ベッドで眠るゆうなの姿が見えた。母はいない。きっとどこかで担当医と話しているのだろう。

「今日は先生にゆうなを家に連れ帰れるか、相談してみるつもりなの」

病院へ来るまでの車の中でそう言った母は、さりながどんな反応をするか気にしていた。素っ気なく「いいんじゃない？」とだけ答えると、母はため息をついた。

「ゆうな、在宅ケアにあまり乗り気ではないの。さりなから言ってくれたら、気持ちも変わると思うんだけど……」

昔からゆうなはさりなの真似ばかりした。さりながピアノを習うと、自分も習いたいと言いだし、さりなが花柄のワンピースを買ってもらったら、自分も同じものがほしいと言い張った。

うんざりしていた。でも同時に、自分が憧れられているようでうれしくもあった。ゆうなが一番に影響を受けるのは、両親でも流行りのアイドルでもなく、ずっと自分だったのだ。

昔のゆうなだったら、さりなが家に帰っておいでと言えば帰ってきただろう。でも今はどうだろう。さりなの言葉で気持ちを変えるだろうか。

いつだって自分の後をついてきた妹の存在が、今ははるか遠くにいってしまった。もうあの子が何を考え、何を思っているのかわからない。自分がゆうなにどう接すればいいのかもわからない。

もしゆうなが家に帰ってきたら……私はあの子の前で髪を梳(と)かさないほうがいいの？　学校の話はすべきでない？　食べ物の話も？　からかったら駄目？　何度もゆうなを大笑いさせた、鶏(にわとり)のものまねを見せてはいけない？

恐ろしいのは、自分の何気ない言動が深くゆうなを傷つけるかもしれないことだ。ゆうなに残された貴重な時間が、自分の負わせた傷のせいで台無しになるかもしれないこと。

さりなが無言でいると、母はまたため息をついた。

さりながゆうなの見舞いに行かなくなったことを両親はひどく気に病んでいた。それでも強く言えないのは、妹にかかりきりで姉へのケアを疎(おろそ)かにしているという負い目があるからだ。

確かにさみしさを感じることはある。けれどないがしろにされているとは思わないし、自分に注意を向けてほしいとはもっと思わない。自分はちゃんとゆうなに向き合えていない。だからせめて両親には、持てる全部の時間と関心をゆうなに注いでほしかった。その気持ちを両親に伝えたら、彼らはますます負い目を感じたようだった。

さりなはおよそ二カ月ぶりに病室に足を踏み入れた。そっとベッドに近づいて眠るゆうなの姿を見下ろす。以前に見た時よりもさらに頬がこけていた。

丸い頬をしていた妹を、泣き虫でわがままな私の妹を、病気がどこかへ連れ去っていってしまった。さりなは唇を噛みしめ、もれそうになる声を抑えた。

「私からいろんなものを奪ったって？　――何よ、今さら……」

小さいころは、そんなのお構いなしだったじゃない。お母さんやお父さん、おばあちゃんにおじいちゃん、みんなの注目を一番に浴びたがっていたくせに。散々にわがままを言ってきたくせに。私を置き去りにして、勝手に一人で大人になって……！

涙が頬を伝ったその時、ゆうなが目を開けた。

ゆうなは初め、ぼうっとしていた。しかしやがてさりなに焦点を合わせると、はっと驚いた顔になった。

やっぱり何をどう言えばいいかわからない。立ち尽くしたままでいると、ゆうなはのそのそと身を起こし、サイドテーブルに手を伸ばした。そこには黄色とピンクの水風船が並んで置いてあった。

「……あげる」

緊張の面持ちで、ゆうなは黄色の水風船を差し出した。

さりなは黄色が好きだった。水色が好きだったはずのゆうなが、自分も黄色が一番好きだと言いだしたのはいつのころだったっけ……。真似をされたことに腹が立って、さりなはあえて黄色のものを避けるようになった。

さりなは水風船を受け取った。引き戻されようとした手をそっと握ると、ゆうなはびくりと身をすくませた。

乾いていて骨ばっていて冷たい手。たった数カ月で別人のもののように変わってしまったその手を、さりなは放さない。自分の温もりがゆうなの体に、ゆうなの心に伝わるよう包み込む。

「……帰っておいでよ」

私たちの家へ。私のところへ、帰ってきて……。

「……うん」

ゆうながさりなの手を握り返した。

「私、帰りたい。みんなに……さりなにそばにいてほしい……」

今、私の手の中に妹がいる。ベッドの横の椅子に腰かけたさりなは、ゆうなの手をぎゅっと握り続けた。

※※※

仕事から帰ってきた母は、キッチンに立ってカレーを煮込む響希の姿を見ると「あら」とつぶやいた。

「夕食を作ってくれたの？」

「うん。冷蔵庫にサラダも用意してある」

「ありがとね」

沈黙が降りた。母は「着替えなきゃ」と独り言のようにつぶやき、リビングから出ていく。

響希と母の間にはずっとよそよそしい雰囲気が漂い続けていた。響希は母を責めたいわけじゃないし、母だって響希を追い詰めたいわけじゃない。互いが核心を避け、じりじりと距離を取っている。

ポケットの中の携帯電話が震えた。コンロの火を止め画面を確認すると、ゆうなからメッセージが届いていた。

『私、家に帰ることにした』

安堵の笑みをこぼしたその時、リビングに戻ってきた母がソファーに座った。

「ゆうな、自宅でのケアに切り替えるって」

　そう伝えると母は表情を強張らせた。十一歳の少女とその母親に待ち受けるものの重さに慄いたのだろう。

　響希はエプロンをはずしてキッチンを出た。ソファーの上にあったクッションをどかして隣に腰かけると、母は少し身構えた。

「お母さんだって怖かったよね……」

　はっとしたように自分を見返す母の手を取る。

　この手が何度響希の肩を励ますように抱いたことか、何度響希の背中を労わるようにさすったことか――。

「大丈夫だよ、お母さん。私はもう、お母さんをひとりぼっちにはしない」

　ひとりぼっちで悲しみの奔流に溺れはしないし、あなたをそうさせることもしない。

　母は響希の手を握り返した。まるでそうしていないと響希がどこかへ流されてしまうかのように、強く、強く――。

「……あなたが生まれてから、私がこの世で一番恐ろしく感じるのは、あなたが傷を負うことだった」

　くしゃりと表情を崩した母は、片手で口元を覆った。

「体も心も一切傷つくことなく、幸福だけを受け取って育ってほしいと思っていたの。でも現実は厳しいことばかり……」

　震える母にそっと寄り添うと、母は響希の手を握る力をふと緩めて微笑んだ。

「それでも、あなたはくじけず大人になったのね……」

「……お母さんとお父さんが、見守ってくれていたからね」

　響希はかつて自分がそうされたように母の肩に手を回した。

　母は安心したように力を抜くと、響希に軽くもたれかかった。


　その知らせが届いたのは、四限の授業が終わった後だった。

　急いた気持ちに比例するように歩調が速まる。ほとんど飛び出すように大学の門を出たその時、「響希！」と自分の名を呼ぶ声が聞こえた。

　自転車に乗ったケイが近づいてくる。およそひと月ぶりの再会であった。

「乗れ」

　響希の前で自転車を止めたケイは、荷台に載ったボストンバッグをどかしてそう言った。

ルリオが胸ポケットから顔を出す。

「響希の友達がもうすぐ旅立つって、ジョイが教えに来てくれたんだ。俺が歌を褒めたから、その礼だってさ。まぁ、あいつが気を利かせてジョイを遣わしたのかもしれないけど……」

ジョイ？　歌を褒めた礼？　浮かんだ様々な疑問についてはひとまず考えないことにして、響希は荷台に乗った。渡されたバッグを抱え込み背中をつかむと、ケイは自転車を発進させた。

自宅へ帰ったゆうなの体調は相変わらず芳しくはなかったが、家族と過ごす時間が増えたおかげか、気力のほうはかなり持ち直したようだ。響希が家へ会いに行った時、ゆうなはさりながが披露した鶏のものまねに、けらけらと声を立てて笑っていた。

しかしそれも十日ばかりのことだった。ゆうなは次第に日のほとんどを眠って過ごすようになり、起きている時でもぼんやりとしているようになった。最後に自宅を訪れた三日前、ゆうなは話すことができず、響希の言葉にまばたきを返すのみだった。

先ほど真美子からかかってきた電話によると、このところゆうなに見られていた呼吸や肌のその兆候が、昨夜からより顕著になったそうだ。おそらくはもう日数ではなく時間単位の状態らしい。最期の別れを済ませられるよう親しかった知人や親戚に順番に連絡をしているのだと、あくまで気丈に言っていた。

響希の案内により、自転車がゆうなのマンションの前に到着した。荷台から下りると、ケイは「ここで待っている」と静かに告げた。

「……ありがとう」

響希はケイにバッグを返してマンションに向かう。震えるこぶしを握りしめ、ガラス張りのエントランスをくぐり抜けた。


エントランスから出ると、花壇の前に立っていたケイが響希に歩み寄った。

「……別れの言葉は伝えられたか？」

「うん……」

ゆうなは目をつむっていた。手を握って言葉をかけると、閉じたまぶたを縁取るまつ毛がかすかに動いた。

「大丈夫。響希さんの声はちゃんと、ゆうなに届いています」

赤い目をしたさりなの言葉に励まされ、響希はゆうなに声をかけ続けた。

私はここにいるよと。今、ゆうながいるのは暗い海の上じゃないのだと――。

祖母やいとこなど、近しい親戚が続々と集まり始めたところで響希は益子家を辞去した。

最期の瞬間は、おそらく家族だけで迎えるつもりのようだった。

つうっと涙が頬を伝った。とっさに顔を伏せると、ひやりと冷たい手に頬をぬぐわれる。

響希はケイを見た。ひどく緊張した面持ちのケイは響希の涙で濡れたその手で、響希の手をそっと取った。

……不思議だ。体温を感じさせない手に包まれているのに、冷えた体が温まってくるような気がする。

ふと気がついた。霊の姿を見せるため以外で、ケイが自分に触れたのはこれが初めてだと。

響希はケイの手を握り返し、暗い水面(みなも)に身を浮かべた。大丈夫。悲しみの波に流されることはない。

言葉より雄弁に語る優しさが、私をつなぎ止めてくれるから。


マンションの屋上から風船が飛び立ったのは、空が濃紺に染まり、星が輝き始めたころだった。

淡く光る黄色の風船は、星々の仲間に迎え入れられたかのように、夜空の中へふっと溶け入った。

※この作品はフィクションです。実在の人物・団体・事件などにはいっさい関係ありません。

集英社オレンジ文庫をお買い上げいただき、ありがとうございます。
ご意見・ご感想をお待ちしております。

● あて先
〒101-8050　東京都千代田区一ツ橋2-5-10
集英社オレンジ文庫編集部 気付
宮田　光先生

死神のノルマ

二つの水風船とひとりぼっちの祈り

集英社
オレンジ文庫

2020年9月23日　第1刷発行

著　者　宮田　光
発行者　北畠輝幸
発行所　株式会社集英社
〒101-8050東京都千代田区一ツ橋2-5-10
電話【編集部】03-3230-6352
【読者係】03-3230-6080
【販売部】03-3230-6393（書店専用）
印刷所　凸版印刷株式会社

※定価はカバーに表示してあります

ISBN 978-4-08-680341-0 C0193